大洗にも
星はふるなり

原作・脚本／福田雄一　ノベライズ／相田冬二

メディアファクトリー

目次

大洗にも星はふるなり

アミューズ・ブッシュ（いただきます）

「はまぐりの肝」

～仁科の場合

地平線はずっと先にある。

赤い電車に乗って大洗の駅についた僕は、とぼとぼと歩きはじめた。

大洗《おおあらい》サンビーチ行きの循環バスはもう終了している。そもそもこの時期に海岸に行くヤツなんていないだろう。

色褪《いろあ》せた看板が印象的なセブン‐イレブンの前で、むさ苦しい顔のオヤジがサンタの扮装をしてケーキを売っている。確かアイツは店長だ。いいのか、店長がケーキ売ってて。

いや、それ以前にいいのか、店長がサンタの格好してて。あれは若い女の子がやって初めて容認される類《たぐい》の行為じゃないのか。

そもそもコスプレだろう。よくもまあシラフでできるよなと感心していたら、最近新発売された発泡酒の缶、それもクリスマス仕様のヤツをこっそり飲んでいた。たまたま通りかかっただけなのだが、僕は悪いものを見てしまったような後ろめたさに支配され、歩行を速めた。

客は誰もいない。だが店頭販売は義務づけられている。おそらく若いバイトは休んだ。アイツがやるしかない。きっとそんなところだ。

だが別にいいのだ。酒飲みながらケーキ売ってたって。今日ぐらいはそれが許される日であってほしい。

煌々《こうこう》とあかりのついた無人のコンビニエンスストアを僕は想像した。客もいない。店員もいない。店長は外でひとりケーキを売っている。

赤い電車とサンタの衣装が頭の中で重なり、同じその色に泣きそうになる。つい、一度だけ食べたことのあるコンビニのケーキの味を思い出す。コンビニのケーキは不味《まず》くない。ただ、さみしくなる。プリンやゼリーを食べるように接することはできない。

少しだけやさしい気持ちでいられるのは、僕を待っているであろうこれからのひとときにときめいているからなのだと思う。自分の単純さが、いまはうれしい。

セイブという名のスーパーにさしかかる。西武とは何の関係もない。ここには随分世話になったな。そう思うとあの日々のことがよみがえる。

僕は地平線のことを考えた。セイブの前を横切りながら、大洗サンビーチから見える地平線のことを考えた。

地平線はずっと先にある。

曇りの日も、晴れの日も、もちろん雨の日も、大洗から地平線はよく見えなかった。

地平線はずっと先にある。僕はあの頃ずっとそう念じていたような気がする。念じて念じて念じきればいつかきっと地平線が見えてくる。いつかきっと地平線に近づける。ひょっとすると地平線のほうから近づいてきてくれるかもしれない。そんなことを考えていた。

今日は僕が地平線に出逢う日だ。

気がつけば海岸に辿《たど》り着いていた。
目の前に海がひろがっている。何もない海。何も考えさせない海。ああ、これが大洗の海だ。懐かしさで胸がいっぱいになる。

地平線はやはり見えなかった。

くるりと海に背を向けた僕は、想い出にひたっている場合ではないと自分に言い聞かせる。振り返っていたって仕方がない。すべてはこれからはじまるのだから。過去に溺れず、いまにダイヴしよう。

真冬の海。初めての風が背中を押す。小さく深呼吸する。うしろあたまの向こう側にある地平線が微笑《ほほえ》んだような気がする。見えていないんだから、何を思おうと僕の勝手だ。

くっくっくっ。

笑いがもれる。ひとり芝居をしている自分がみじめになったわけじゃない。うれしいのだ。こんなことを考えられる自分がうれしいのだ。

日が急速に落ちていく。冬の昼は短い。冬の夕方はもっと短い。僕は笑うのをやめて階段を降りる。砂浜の砂にスニーカーがつつまれる。ダウンジャケットのジッパーを上まであげる。久しぶりの砂浜。砂は夏よりも重い。寒さのせいか、湿度のせいか。

砂歩きに足が慣れはじめた頃、目の前に海の家が現れた。僕の海の家が、僕らの海の家がそこにあった。

今年もありがとうございました！

すすけた張り紙にはそう書かれてある。もちろんそれは八月三十一日に書かれてそのままになっていただけだが、一年も残りわずかの季節に見ると別の感慨を呼ぶ。しかし、海の家をそのままにしておくというのはすごいな。しかも海の家最後の日に書いたものまでそのまま貼り付けておくというのはよっぽどだな。マスター、さすがだよ。ありがとさん。

海の家の名前は「江の島」という。だが、僕らのうちの誰もその名を口にしたことはなかった。そもそもマスターだって、そう呼んでいたのを僕は聞いたことがない。大洗に「江の島」は無理がある。笑えないセンスだ。おそらくマスターが名付け親だろうが、いったいどんなつもりの「江の島」だったのだろうか。あの頃はここで「江の島」と発声すること自体に拒否感があったが、いまならマスターに訊《き》けるような気がする。そんな機会は永遠に訪れないかもしれないが。

海の家は海の家。日本中どこに行ったって、海の家は海の家。名前なんてなくていいはずだ。

安普請《やすぶしん》の戸を開ける。四ヵ月近く野ざらしになっていたせいで、建て付けはさらに悪化している。もっとも建て付けのいい海の家なんて、海の家の気分が出ないものかもしれないが。

中に入る。

何かが躰《からだ》の中にひろがっていく。満たされていくというよりは、沁みこんでいく感覚。甘酸《あまず》っぱいというよりは、アマジョッパイ。季節に置き去りにされた海の家の内部にいるからだろうか。打ち捨てられた夏の匂いが何処かに残っている、そう思うからだろうか。

違う。僕の中ではまだ何も風化していない。これは現在進行形の出来事だ。いや、未来進行形の現象だ。

誰もいない。僕だけだ。そう思うとさらに秘め事めいた気分になってくる。この部屋、この家を独占しているというスペシャルな気持ちよさがじわじわとこみあげてくる。もちろん夏のあいだは、ここでひとりきりになることなんてなかった。

あたりを見回す。何も変わっていない。きっとそのはずだ。けれども、こうしてじっくり観察することはなかったので、なにやら自分が知っているのとは違う空間にも思えてくる。どことなく華やかな印象があるのは、これからはじまる時間に対する僕の期待感をモロに反映しているだけのことだろうか。

一九八〇年代製だとマスターが言っていたラジカセの電源を入れる。

あの夏の日のまま、ビニールシートがラジカセをくるんでいた。ＦＭラジオをチューニングする。

ことによると僕よりも年上であるかもしれないその機械は、いまでもいい音を聴かせる。流れてきたのは、夏に流行《はや》っていたダンサブルな曲だ。愛と虹について歌っている。海の家でも何度も流れていたっけな。それにしても、この時期になんだって、夏の歌なんだ？　あ、もう今年を振り返っているのね。そうか、あと一週間足らずで除夜の鐘が鳴るのか。

サビだ。この少しフラット気味の曲調がせつないんだよなあ。テンポがいいからこそ、ぐっとくるメロディ。思わず一緒に歌ってしまう。僕は物覚えが悪いのでサビの歌詞しか記憶にないのだが、本当にいい詞だと思う。

ラジオも僕を祝福してくれてるんだな。サンキュー。

僕はカラオケに行かない。なぜなら音痴だからだ。誰かと一緒にいるときは、鼻歌も歌わないようにしている。この夏も、この曲を聴きながら、歌いたくなる自分をぐっと抑え、耐えた。それだけにいまの解放感は最高だ。

曲が終わり、ＤＪが話しはじめる。

ふと我にかえった僕は、人の気配を感じる。


誰？　え？　もう来てるの？


ぐるぐるぐるぐる。決して広くはない海の家を見渡す。

すると、いきなり、電気がついた！

は？　何が？　どうした？　どうなった？

とっさに振り返ると、松山が立っていた。

不思議そうな顔をしている。

「どうしたの？」

どうしたの？　じゃねえよ、バカ野郎。びっくりするじゃねえか。

そう怒鳴りたいのを堪《こら》えて、手短に深呼吸すると、なるべく冷静に僕は答えた。

「で……どうしたの？」

どうしたの？　は、こっちの台詞《せりふ》だ。

そういう気持ちをこめて放ったオウム返しだったが、松山にそんな意図が伝わるわけがない。だいたいコイツは情緒を解するような人間じゃあない。鈍感だ。なにしろ、友達はサメだからな。

「だから、お前こそ、どうしたんだよ」

松山は平然と言い放つ。あべこべだ。コイツはいつもそうだ。他の人間がいるときはそうでもないが、ふたりきりだと必ず先手を取り、その先手を絶対譲ろうとはしない。そして僕は素直に従ってしまう。我ながら情けない。

「……いや……なんとなく……ブラッと」

そう言うのが精一杯だ。

そんな弱腰を見逃す松山ではない。

「仁科《にしな》って、群馬でしょ？　家。ブラッとは来られないよね、ブラッとは」

なんて抜け目がないヤツなんだ。イヤだな。まったく。ますます小さくなる僕。実に情けない。

「だよね……」

すかさず得意げな顔をした松山は間髪《かんはつ》置かず、切り返す。

「俺は近所だからさ」

「ブラッと?」

「的な感じだよね」

「あ。そうなんだ」

ダメだダメだ。これじゃあ腰ぎんちゃくじゃないか。すっかり松山の言いなり。大丈夫か、しっかりしろ。

「で、マジでどうしたの?　こんなとこまで?　わざわざ群馬から?」

詰め寄る詰め寄る。だいたいナンで僕んちが群馬だって松山は憶えてんのよ。僕なんか松山の実家、記憶にないよ。えーっとドコだっけ?　あ、違う。ヤバイヤバイ。そんなこと考えてる場合じゃなかった。混乱。なんか言わなきゃ。

「なんだろう……なんだろう……俺」

しっかりしろ。

えーっとえーっと……。

「なんか隠し事してる？」

松山の顔が、ほんのちょっぴりにやけているように見える。

「え？　あ、いや。なんで？」

「わかりやすくあたふたしてるんだもん」

今度はあからさまに意地悪く笑った。

「あたふた？　そ、そんなのしてないよ。あたふたなんて。え？　どんなのあたふたっていうのよ」

松山は満面の笑みを浮かべながら言った。

「いまのお前みたいなの」

言ったね。言いましたね。聞いたよ。聞きましたよ。忘れねえからな、絶対。

こうなったら、ボケるしかない。ボケますよ。ボケつづけてやる。コンチクショー。

「あ、俺、いつも、こんなんよ」

しかし、松山は手綱をゆるめない。ほんと、人が困ってるとき入れるツッコミだけは手を抜かないね。

「だとしたら、一度検査してもらったほうがいいよ」

容赦なし。優しい口調で言うなよ。ほんとに憎たらしいな。

「了解」

じゃあ、今度はこっちの番だ。

「ねえ、相変わらず、大学でトカゲの研究してるの?」

余裕かましてた松山の表情がさっと変わった。

「サメだよ。一緒にするなよ」

わかってるってば。お前が無類のサメ好きだってこと、誰も忘れちゃいねえよ。んなヤツ、お前ぐらいしかいねえからな。知ってて言ってんだよ。

「いや、俺にとっちゃ、トカゲもサメも変わんねえけどな〜」

うひひ。

「サメなめんなよ!」

松山のヤツ、マジになってる。これがアイツの弱点だもんなあ。

調子に乗って僕はつづける。

「サメ自体はなめてねえよ……っていうか、なめらんねえよ……だってサメ、こええモンね」

サメに狂ってるお前もコワイよ、というダブルミーニングだったが、松山には高度すぎたかもしれない。

ま、とりあえず形勢逆転。ほっと一息。

さすがの松山も、再度ひっくり返すような真似はせず、とりあえず椅子に座って、ぐるぐるとあたりを見回して、久しぶりの海の家を満喫している。

だよな、たったの四ヵ月ぶりなのに、ものすごく懐かしいよな、ここ。さっきの僕もそうだったよ。


ふっふっふっ。

僕は思い出したように、心の中で笑った。

まあ、松山に真相を話してやっても別にかまわない。もちろん、秘密を秘密のままでキープしておきたい気持ちはある。だが、どんなに鈍感であろうが、サメ好きであろうが、松山はこの海の家で共にかけがえのない一夏を過ごした仲間だ。あの時間を構成してくれた脇役のひとりである。感謝の気持ちをこめて、これから僕の身に何が起こるか、話してやるのも、やぶさかではない。

だが、松山も彼女のことが気になっていたのは明白だ。というか、あの夏にここでバイトしていて、彼女のことを意識してなかった男子はいなかったはずだ。

その気持ちを無視して、僕のこれからについて話すのは、ひととしてあまりにもデリカシーに欠ける気がした。

松山君、僕は繊細なんだ。君がナイーヴな男かどうかは知らないけれど。繊細な人間というのは、そんなふうに相手を気遣ってしまうものなのだよ。だから、意地悪で秘密にしているわけじゃあないんだ。わかってくれよ。


「帰ろうかな」

唐突に松山が言った。

そういや、コイツ、なんでここにいるんだ？　どうしてここに来たんだ？

「マジで？」

もちろん、松山に早くいなくなってほしいのはヤマヤマの僕は、ついうれしそうな声をあげてしまう。

「いや、通りかかったらさ、まだ海の家あるからびっくりして寄っただけだし」

なぜか神妙な顔をして話しはじめる松山。

「だよね！　びっくりしたよね。まだあったなんてねぇ」

猫なで声で相づちを打ってしまう僕。

「ただ、それだけだから」

なんだなんだ。どうしてそんなに落ち着いてるんだ？

二の句が継げなくなって、僕はなんとなく「なるほど」とつぶやくしかなかった。

「じゃ……」

松山が立ち上がる。

僕の顔はゆるんでいたのだろう。

隙あり！

松山から、いきなりヤリが飛んできた。

「あ、でも、お前が何を隠しているかを聞いてから帰るとしよう」

ほんと、こういう機だけは逃さないね。相変わらずだ。お前のそのイヤ〜な性格が心から懐かしく思えるよ。

「ネバるね〜」

冷汗かきながら、僕はおちゃらけた。

「言えよ」

凄《すご》むなよ。なんで、凄むんだよ。お前の顔はそもそもコワイんだからさあ。

「言ったら帰ってくれる？」

あ、ヤバイ。本音が出ちゃった。でも大丈夫だよな。松山、鈍感だから、気がつかないよな。

「ああ」

やる気なさそうに、松山は答える。

ま、いっか。聞けば、帰りたくなるような話だもんな。

善は急げ。

「じゃあ、言うよ。あのさ、実はさ……」

そのとき、あるひとが飛び込んできた。

まったく。恋ってヤツはままならないな。ままならないから恋なのかな。

地平線はまだずっとずっと先にある。

オードブル（前菜）

「はまぐりのお造り
――グレープフルーツと大葉を添えて――」

～猫田の場合

おいらが海の家に辿り着いたら、もうあかりが灯っていたのだった。

えー、マジ？　江里子ちゃん、もう来ちゃってたの？

ヤバイ、ヤバイ。

女の子を待たせるなんてサイテーですよ、サイテー。

おいらは、砂に足をとられながら、浜を走った。走りながら、何て言いながら、海の家に入っていくかを考えた。

お嬢さん、遅くなってすまない。

江里子ちゃんに「逢う」の、チョー久しぶりだからなあ。ジェントルマンな感じで、そう語りかけようかな。でも、発声がよくわかんないなあ。

江里子、待たせたな。

どうだろう。はっとするんじゃないだろうか、江里子ちゃん。

そんな間柄じゃないからこそ、この呼び捨て、ウケるんじゃないだろうか。

「いやだ～猫田さん。わたしたち、付き合ってるみたいじゃないですかあ」なんてはしゃぐ江里子ちゃんに、さらに一言。「じゃ、ほんとに付き合っちゃおうか？」。

決まりすぎかなあ？

あんまりトントン拍子にハナシが進むのも、なんだかつまんないしなあ。だいたい、思いっきり、ヒカれる可能性もあるしなあ。江里子ちゃん、結構勝気だもんなあ。そこがイイんだけどさ。

おまた！

どうよ。軽やかに。カジュアルに。男らしくも、さわやかに。あんまり悪びれずに。まあ、待ち合わせの時間に遅れてるワケじゃないしな。このぐらいのほうがよかったりなんかして。でもなあ、待たせてしまったのは事実だからなあ。やっぱ、失礼かな。怒ったらヤダしなあ。江里子ちゃんの怒った顔も見てみたいけどさ。

ごめん、愛してる。

だめ？　韓流ドラマのタイトルのパクリなんだけど。

いきなりかなあ。このいきなりの感じが意外にヒットしちゃったりなんかしちゃったりして。

「いやだ～猫田さん。その言葉、待っていたんです」とか、江里子ちゃんのほうも急展開な言葉を返してくれちゃったりなんかしちゃったりして。ということも、決してナイ話ではないような気がするんだけど、うーん、この劇的な感じ。ドラマチックでええんとちゃいますか？

だいたいいないよね、普通。デートの待ち合わせに遅れて、「ごめん、愛してる」なんて言う男。韓国にはいるのかな。韓国じゃあ、男が女に尽くすのが当然らしいからな。待たせちゃったりしたら、きっと大変なことになるんだろうな。そうか、それで「ごめん、愛してる」なんだな。ま、おいらはそのドラマ、観たことないんだけどさ。

でも、まあ、ココはひとつ。日本人らしくスマートにいきますか！

まさか、君が先にいるとは思わなかった――。

これだな。これしかないな。「……」じゃなくて「――」だな。情感たっぷりの余韻をもたせるムードづくりだな。

立ち止まって、小さく口にしてみる。

「まさか、君が先にいるとは思わなかった――」

いいな！　これ！

「君」のシャープな響きに「思わなかった――」のアンニュイな空白感。これでしょ。このコーディネートでしょ。くらっとくるなあ。おいらが女の子だったら、間違いなく、くらっとくるなあ。どこへでも、ついてっちゃうな。

さあて。深呼吸。もう一度、リハーサル。

まさか、君が先にいるとは思わなかった——。

よし、いくどー！

戸に手をかけ、開けながら。

「まさか、君がいるとは思わな……」

あら？

江里子ちゃんじゃない！

野郎ふたりがいるじゃねえか。

しかも、見覚えのあるマヌケ顔がふたっつ。

もやしみたいにひょろ長い仁科が、おいらの名を呼ぶ。

「猫田さん？」

だよ。見りゃあ、わかるだろーが。

「なにこれ？　マジどういうこと？」

松山、お前、相変わらず、発言にアタマの悪さがあらわれてんなあ。ガッコで何ベンキョーしてんだ？　あ、サメか。どうでもいいけどよぉ、お前、夏より顔がこわくなってねぇか？　なーんかサメ化してるよーな気がすんのは、おいらだけか？

「え？　あれ？　八月三十一日の夜、イヴに集まろうみたいな話って、してませんでしたよね？」

「うんうんうんうん、してないと思うよ」

仁科の、仁科らしい寝ぼけた問いかけに、力のぬけたおいらは力がぬけたまま、そう答えたのだった。

「じゃ、なんで集まっちゃったの？」

「だから、まずお前が来た理由を言えよ」

仁科と松山が不毛な言い争いをしている。

っつーか、おのれら、なんでココにいるわけ？

「え、だって、言おうとしたら、猫田さん、入ってきちゃったし」

「ちなみに猫田さんは？」

おい！　おいらかよ！　急にフるなよ！　ふたりでまだまだ言い争いしてくれてて、よかったのに。おいらはさ、いきなりに弱いんだよ、いきなりに。まったく、もう、気がきかねえなあ。

「は？　そんなの言えないよ～」

「その言い方はちゃんと目的があって来たんですね」

日本語間違ってるよ、松山クン。でもスルドイね、キミ。サメのわりには、人間の言葉の機微を理解してるじゃないの。見直したよ。

「あるよ。めちゃめちゃあるよ。ただ、そのためには、お前ら、ジャマだなー。帰ってくんない？」

さわやかに、男らしく。おいらはそう告げたのさ。厄介払いは、カジュアルにしないとね。うらみっこナシで、別れましょうね～っと。

「いや、帰れないっすよ！　俺なんて、わざわざ群馬から来てるんですから」

おいおい。自分の地元を卑下しちゃいかんよ、仁科クン。そうか、群馬だったかあ。そういえばキミ、どことなく群馬っぽいねえ。うんうん。

って、和んでる場合じゃねーんだよ。

「あ、そう。困ったなあ」

おいらは、思わせぶりに、視線を外に向ける。

「早くしないと、来ちゃうなあ」

仁科があせった顔をする。

「来ちゃうな？　誰が？」

誰が？

って言われてもなあ。困るじゃねえか、こんチクショー。みなまで言わせる気か？　しょうがねえなあ。

「なんだか、キモいですよ」

松山からツッコミが入る。おいらったら、つい、ニヤけちまっていたらしい。

「キモい」と言われても浮かれてるんだから、まったく恋ってヤツは始末に負えないな。

じゃあ、まあ、しゃあない。出すか。あれを。おいらの宝物を。

おいらは、バッグから、ジップロックに大切に保管しておいた手紙を取り出す。

「江里子ちゃんから……もらってさ」

心から、仁科と松山には申し訳ないと思いながら、ジップロックをゆっくり見せつける。

ごめんね、キミたち。

哀れな子羊たちに、手紙の引用を聞かせてあげよう。ただし、おいらの暗唱で、だ。

「『まだ、海の家、残ってるみたいですよ。もし、よかったら、イヴの日にまた、そこで逢いたいな』……」

我ながら、うっとりするような情感豊かな朗読だった。

なにしろ、何度も何度も繰り返し読んだ手紙なのだった。あるときから、江里子ちゃんの気持ちになって読むようになったので、アニメ声優もびっくりするくらい自然に、女の子らしく読めるようになってしまった。

手紙というヤツは、ほんとうに奥が深い。読めば読むほど、沁みてくる。江里子ちゃんの感情のヒダのヒダが、つまりヒダヒダちゃんが、海草のように揺れ、触れてくる。たまんない、もうっ。

メールってのは読み返す気にはならないね。というか、読み返されることを前提に書いてないでしょ。っていうか、打ってないでしょ。いつ削除されてもかまわないから。そんなニュアンスで打ってませんか?

いや、誰に言ってるわけでもないんですがね。とにかく、手紙はいい。だって、何より、ぬくもりがあるもん。特盛りじゃないよ、ヌクモリだよ。

あ、江里子ちゃんって、意外に字、そんなに上手じゃないんだ、でも、この丸っこくて小さな字、やっぱり好きだなあ、愛《いと》しいなあ、抱きしめたくなるなあ、なんて想いを何度も何度も反芻《はんすう》しているとね、もうね、手紙と一緒に眠りたくなってしまうほどなんだけど、握ったまま寝ると絶対、ぐしゃぐしゃになるだろうし、枕元に置いてても、ほら、おいら、寝相が悪いからさあ、ヒサンなことになる可能性がなきにしもあらず、だったりするじゃない？　だからね、そこはグッとガマンの子で、ジップロックにしまうのさ。おやすみ、なんて、言いながらね。

おっと。

可哀想だが、宣告はしておかんとな。さて、心を鬼にして。と。

「と、ゆーことで、ぶっちゃけキミら、邪魔なわけよ。だって、今宵《こよい》はイヴなわけじゃない？　世界中のカップルたちが結ばれるイヴなわけじゃない？　と、ゆーことは、私たちも、あのね、私たちってゆーのは、お前らと、ということじゃないよ、江里子ちゃんとワタシね、私たちも例外なくここで結ばれ……」

っタく。最後まで言わせてくれよう。お前ら何やってんだよう。ちゃんと、おいらの話を聞け～。お前らがいますべきことは、おいらに対して悔しがること以外にないはずだろ～。きちんと、やれ～。

仁科も、松山も、手紙らしきものを取り出した。仁科はブルゾンのポケットから。松山はジーンズの後ろポッケから。おい、後ろポッケはないだろ。お尻だぞ。手紙をなあ、お尻にくっつけてたらイカンだろ。お前ら、ほんとデリカシーがないなあ。

松山がサメみたいな顔をさらに強張《こわば》らせて言った。

「まったく同じ文章です」

仁科もマヌケづらをさらにマヌケにして言った。

「俺も……」

確かに、同じ封筒だ。

「どういうことかな?」

「どういうことでしょう」

「イヴの夜に海の家で宴会開きたがる女いるかな?」

ラチがあかない。松山、お前なあ、なんか言えばいいってモンじゃねえんだよ。

アタマ使って話せ。サメじゃねえんだからよう。

おいらの灰色の脳細胞が動き出す。稼動後、すぐさまそれはある結論に辿り着く。

「あ、わかった。これ、最終審査だ」

我ながら、素晴らしい推理である。

「最終審査?」

松山のサメ顔がさらに劇画調になる。

いいか、よーく、耳の穴、かっぽじって、聞いてろよ。

「ああ。たぶん、夏に働いてるあいだに、江里子ちゃんは好きな男が三人できちゃったわけ。でも、夏のあいだには決められなかったんだな、ひとりに。そこで彼女は三ヵ月あまり考えたわけだ。誰がカレシとしてふさわしいか? その審査結果が今日なわけだ」

うむ。

いいですな。

これなら誰も傷つかない。いや、これから傷つくわけだが、少なくともいまの時点では、ここにいる三人とも傷ついてはいない。おいらは誠に思いやりのある探偵なのだった。と、同時に当事者でもあるんだけどね。悪いが、選ばれる自信があるので、そんな余裕もあるのだった。だってさ、思いやりって、余裕の別名でしょ？切羽詰ってたら、相手を思いやるなんて、できないよねえ。

「なるほど……」

仁科も、松山も、素直に納得している。よしよし、いい子だ。

だが、仁科よりは少しばかり自分で考えるという習性を無駄に身につけてしまっている松山は、やがてこう疑問を口にするのだった。

「え？　でも、おかしくない？　だったら、ひとりだけ呼べばいいじゃん！　なんでわざわざ落選した人間まで呼び出されて、あなた落ちました！　って言われなきゃいけないの？」

確かにそうだ。

おいらは、万感の想いをこめて、優しく語りかける。

「別れ……告げないとさ、気持ち、ふっきれないじゃん……」

語尾の「じゃん」が「じゃんじゃんじゃん……」とリフレインされて、宙に舞い、薄いカーテンをゆらゆらさせている光景が、おいらには見えた。

その余韻にひたっていると、ぼけーっと突っ立ってたはずの仁科が、意外なツッコミを入れる。

「いやいやいや、その前に付き合ってって言われてないでしょ……」

あ、そうか。別れるも何も、まだ誰も付き合ってはいなかったのか。

そこはな、まあ、なんというか、江里子ちゃんの中にある恋心、というかだな、夏の想い出にケリをつけるための、そのなんというかオトシマエというかだな、そういう意味での別れというかだな、でもまあ、現段階の結論としてはだな、こういうことじゃねぇの？　違う？

「ま、三人に選ばれただけでも、幸せだよね」

でしょ？　でしょでしょ？

ところが、胸を撫で下ろした瞬間、異変が起きた。

場違いな男が乱入してきたのだ。とんでもなく場違いな男が。

まったく似合わないタキシードに身をつつみ、だらしないロン毛をきちーっとオールバックに撫でつけ、両腕には真っ赤な薔薇《ばら》の花束まで抱えているその男は

「おまた……」と言いかけ絶句している。お股。まったく、みっともない立ち止まりだ。

アホなのである。元来がこの男、アホなのである。

アホに特有の現象だが、自分がアホだとは気づいていない。

それどころか、妙に自信過剰だ。自信というものには本来根拠などないが、この男ほど、根拠なき自信がそのまま歩いているような人間もいないだろう。少なくとも、おいらは、こいつほどのアホを知らない。

困ったちゃん。で済めばいいのだが、スーパー困ったちゃんに、つけるクスリはないのである。スーパー困ったちゃんに、我々は対処のしようがない。

「何をしてるんだ、お前ら」

相変わらず偉そうな口ぶりだ。どうして、そんな言い方ができるのだ。アホなのに。いや、アホだからなのか。

「増えた」

仁科がつぶやく。どうして、お前は、そんなに呑気《のんき》なんだ。だいたいなあ、この男が来たら、大変なことになるのは目に見えているだろうが。

おいらは、仁科の発言をさえぎるように、言い放つ。

「お前こそ、何しに来た」

松山がすかさず口を挟む。

「いや、見ればわかるでしょ！」

お調子者の仁科が追随する。

「どう見ても同じ目的じゃないですか！」

その男の名は杉本という。

杉本は、腰に両手を当て、大股開いて仁王立ちになると、高笑いをはじめた。まるで漫画だ。近頃のアニメじゃ、もうお目にかかれないようなポーズだ。やっぱり、こいつはアホだ。とてつもないアホだ。

「ハーハッハッハッ！　俺がお前たちと同じ目的のわけがないだろう！　俺はこの手紙によって大洗に導かれ、そして戻ってきたのだ！」

高笑いはつづく。大笑いしたいのはこっちのほうだ。「戻ってきた」って何だよ。戻ってくんなよ。ったく。

杉本は満面の笑みで、手紙を取り出す。もちろん、こいつも手紙を丁寧には扱ってこなかった。仁科や松山のそれよりも、はるかにボロボロだ。そもそも、こいつはそういうことが平気な人間なのだ。デリカシーのデの字も知らないようなヤツだ。

得意気に手紙を見せつける。まるで水戸黄門の印籠のようだった。

仕方なく、おいらも手紙を手にする。何も言わなくても、目を合わせなくても、仁科や松山も、同じ行為に入る。息が合うなあ。ま、こういうとき、こうするしかないよな。

「な、なんだと……」

たじたじとなった杉本はよろけ、あからさまに焦っている。誰が見たってあまりに芝居がかった反応だが、こいつはわざとやっているワケではない。単にアホなだけだ。考えてみれば哀れなヤツなのである。

一、二、三、四。四人！

ウソだろ〜、江里子ちゃん。なんで、杉本なんかに手紙出してんのさ〜。信じられないよ。おいら、杉本と同じレベルなの？　まいったなあ。

しかし、異変はこれだけでは済まなかった。

また、新たな人物が飛び込んできたのである。

それは、意外な人物だった。実に意外な人物だった。

「なんだよ、江里子ちゃん、もういたの……」

なるほど。こういう言い方があったか。

いかんいかん！　感心してる場合じゃない！

マスターである。海の家「江の島」のマスターがそこにいた。

松山が呆然《ぼうぜん》としている。顔色の悪いサメである。あ、サメはもともと顔色悪かったか。

「もうひとり……」

「江里子ちゃんは？」

きょとんとしたままマスターが、呑気な疑問を口にする。

「おい、これ、どういうことなんだよ！」

さすがの仁科もたまらず叫び出す。

そりゃあそうだ。候補者が五人になったんだからな。力がぬける。江里子ちゃんっていったい、何考えて……。

その瞬間、おいらのケータイが鳴った。

よしみだ。

なんたるバッドタイミング。

マスターの登場に、仁科も、松山も、アホの杉本までもが驚き、声を失っていることをいいことに、おいらはすかさず、海の家の外に出て、開いたケータイを耳に当てる。

よしみ？　どうした？

あ、うんうん、そうなんだよ、急用が出来ちゃってさ。

うん、そう。そうなんだよ。

おう、もちろんだよ。もうプレゼントは用意してあるんだけどね。

あ、俺のも？　サンキュ。

うん、うん、うん。

そう、そう、そう。

パーティは明日だな。世間の喧騒が落ち着いたところで、ふたりだけの宴。にしようじゃないか。プライベート・ウタゲ。だよ。

え？　あ？　バカ、やだよ。

ここで？　いやいや、別にひとりだけどさ。外だしなあ……

マジで？

お、わかった、わかった、よ。

いくよ。

ジュテーム。モナムー。よしみ、好きだよ……


ちょっと慌てて電話切っちゃったなあ。愛の言葉をささやいてんだから、もうちょっと余韻もたせるべきだったかなあ。

いやあ、無理だよ、無理。あの状況で。よくやったよ、おいら。自分なりによくやったと思うな。

しっかし、女の子って、ほんとに言うのな。

「猫田さん、わたしのこと、愛してる?」

だって。ああいうのって、ドラマとか映画に出てくる女の子だけのセリフだと思ってたよー。

「言って。ちゃんと言ってくれなきゃ、イヤ」

って。ホントかよー。

しっかし、どーなんだろーね。男女の性差、みたいなこと、あんまよく考えたことねーんだけど、男ってさー、やっぱ、どんなに相手のこと、大切に思ってても、それを口に出して伝えたいとは思わないんじゃないかなー。って、おいらだけかなー。

愛してる。

って真顔で言える男って、信じられねーっていうか、相当のスケコマシか、詐欺師じゃねぇの。よく言えばプレイボーイってことになるんだけどさ。

だいたいさあ、本当に愛していたとしてもだよ、愛してる、なんて口にした途端、その本当の気持ちが濁っちゃうような気がするんだけど、どんなもんざんしょ? って、まあ、こんなに濁りまくってるおいらに言われたくはないだろうけどさ……。

なんかさー、幸福な青春とか送ってねーから、いまいち恋愛の核心つく、みたいなことは言えっこないんだけどさー、相手にさ、自分の本当の気持ち、言葉で伝えたいとは思わないんだよね、少なくともおいらは。相手をさ、想う気持ちって、おいらだけのモンだから、それを言葉になんか翻訳できないし、そもそも伝えるべきことなのかなー、とか思っちゃうわけ。これって、おかしいかな。

あ、いやいや、告白してフラれるのがこわいって話じゃなくてね。もちろん、コクって拒否られんのはイヤだよ。だから、それはかなり勇気のいることだし、できれば避けたい局面でもあるよな。だって、できれば傷つきたくないもん。ずるいかな？　ずるくてもいいや。もう充分ミジメだから、これ以上ミジメになりたくないっていうのは正直、ある。ま、このへんがモテる男とモテない男の差なんだろうけど。

だからさ、基本、ずるいの、おいら。そりゃあ、いたよ、好きなコなら。幼稚園のときのキョウコちゃんだろ、小学校一、二年のときのカオリちゃんだろ、小学校四年のときのハツコちゃんだろ、中学校のときの……ま、いっか。一度も告白なんか、したことねーもん。ほーんのちょびっとだけ、女の子と付き合った経験で言わせてもらうとー、結局、相手が自分に気がありそうな雰囲気を感じ取って、それで動いた、って感じなんだよね。

「好きです！　オレと付き合ってください！」

とか言ったことねーし、言ったことあるヤツが存在してるってことが、そもそも信じられないわけ。

こっからはカッコつけて言うよ。カッコつけて言うけどさ。あのコ、いいなあ、顔も可愛いけど、性格も可愛いなあ、優しそうだし、言葉遣いもキレイだし、何よりも声がいいなあ。あ、あのね、おいら、声フェチなの、ルックスとか、ボディじゃないの、声ね、声、最優先、女の子でいちばん大事なのは声ですよ、声、でね、そんなふうに、いいなあと思ったとするじゃん。

その「いいなあ」がね、どんどん濃厚になっていって、ま、わかりやすく言うと、夢にそのコが出てくるとか、湯船につかってるとついそのコのこと考えちゃってるとか、ぼんやり遠くを眺めてたつもりなのに頭の中でそのコの姿を追いかけていたとか、まあ、いわゆるひとつの「恋する状態」になったとしてもだよ。それがね、すんなり「好きです！　オレと付き合ってください！」につながるってわけでもないと思うのよ。

なんかさあ、それって安直じゃね？　体育会系っていうか、連結させすぎっていうか、「いいなあ」と「付き合ってください！」って、全然別の回路っていうか、違う国って感じがするんだよなあ。

つまり、図々しいと思うわけ、そのストレートさが。だいたいさあ、そのコのことを想うことと、そのコと付き合うことって、相当な開きがあるよ。抽象と具体、主観と客観ぐらいの違いがあるよ、自分で何言ってんだか、わかんなくなってるけど。普段からカラダ使ってる体育会系というかガテン系は、そのあたり躊躇《ちゅうちょ》ないのな。

そもそもアイツら、カラダ本位で考えてっから、「あのコがほしい！」ってことになるんじゃねえのかな。「花いちもんめ」じゃねーんだから、「いいなあ」がそのまま「あのコがほしい！」になる神経が、おいらにはよくわかんないわけ。

でもさあ、それって結局、度胸がないってことじゃないの？　なーんて言われりゃ身も蓋《ふた》もないかもしんないけれども。度胸がねえんだろうなあ、そこまでもっていく度胸がさ。「いいなあ」から「付き合ってください！」までの距離って、トライアスロンなみだと思ってるから。心身ともにタフじゃなきゃ、やれっこないよね。

この際だから、思い切って言っちゃうけど。「いいなあ」で終わってるほうがシアワセだったりする場合もなきにしもあらずかな、なーんて思っちゃったりもしてるわけ。もし、もしだよ、そのコと付き合えるとするでしょ、そしたら意外な素顔に直面して、え？　そうだったの？　どてっ！　みたいなことにならないともかぎらないじゃない？

こわい、とか、おそれてるわけじゃないんだけどさ、これってネガティブ・シンキングってことになるのかなあ。なーんか、ひとりで悶々と想ってるほうが気楽だし、気持ちが持続するような気がするんだけどねえ。

なんて言うと、そりゃ単なるナルシスト、って声が飛んできそうだけど、自分の想い、おいらは大切にしておきたいほうなの。ダメですか、こんな男は。

あれ？　なんの話してたんだっけ？　わかんなくなっちゃった……。

あ、あれだ、よしみだ、よしみ。

あとさ、女の子って、こういうのも多いよね。

「わたしのどこが好き?」

これもさあ、みんな、漫画とかさ小説の読みすぎなんじゃないの? いやあ、現実世界でそんなこと、まさか訊かれるとは思ってもみなかったからさあ、びっくりしちゃったよ。

「全部だよ」

よしみに訊かれたとき、おいらはそう答えた。

これは、ある意味ほんとうで、ある意味ウソだ。

そもそもさあ、どっか一部分だけ好き、ってわけで始まってるわけじゃないでしょ? 好きって、そんなにデジタルなもんじゃないでしょ? もっと大雑把《おおざっぱ》で曖昧《あいまい》で乱暴なもんだと思うんですけど。

しかもさ、一応交際している相手だったら、なおさら。特定なんかできるわけないでしょう。情ってもんがさ、あるわけ、人間には。情はね、理由や理屈じゃ量れないよ。

ま、つまり、「どこ?」って訊かれたから、「細部じゃないよ。君の全体像が好き」という意味で「全部」と答えてるわけだけれども。そのまんまの意味で受け取られると、おいらはホラ吹きになっちゃうわけ。

全然関係ないけどさ。よくさ、騙《だま》された！　みたいな話が男女関係であるじゃん。あれって、もちろん、明確に騙してるケースがほとんどだとは思うけど、言葉の取り違えってパターンも意外に多いんじゃないのかなあ。

ひとつの言葉が、発した側の思惑とはかなり異なる受け取られ方をしてしまったことから、ボタンの掛け間違いが始まって、気がついたら、あらら、みたいな。

おっと。んなことはどーでもいーんだけど、だから、言葉って便利だけど、不自由も多いよね、って話。だって「全部が好き」なんてそんな話、あるわけないじゃん。「君の全部を許すよ。君が好きだから」ならわかるけどさ。

そもそも「わたしのどこが好き？」という女の子からの質問に対して男はどう答えればいいわけ？

たとえば「顔」と言ったら、「え？　それだけ？」ってことになっちゃうでしょ？「スタイル」って言ったら、「ふーん、カラダ目当てだったんだー」ってことになっちゃうでしょ？「性格」なんて言ったら、もうこれは大変だよね。「ひどい！　わたしのこと可愛いって思ってないんだ！」ってトンデモナイ展開になるのは目に見えてるし。「やさしさ」とか言ったら、「あー、他に言うことないのね……」ってがっくり肩落としちゃうよねえ。あと「なんとなく」、これはヤバイよね、絶対ヤバイ。

「なんとなく好き」って素晴らしくない？　とか思うんだけど。だって「なんとなく」なのに「好き」なんだよ。本物って気がするなぁ、おいら。愛って、理由じゃないんだから。理由はいつでも、後から追いかけてくるもんだぜ、ベイベー。だけど、女の子は許しちゃくれないだろうね。ヘタすれば別れ話になるな。ま、考えてみれば、「わたしのどこが好き?」って訊かれてるのに「なんとなく」じゃ答えになってねーじゃねーかっ！　って話なんですがね。

なんてことをアタマの中でぶつぶつつぶやきながら、海の家に戻ったおいらは、まず、マスターの言い訳を耳にしたのだった。

「んー、いや、もう、だから、ほんとだってば！　イヴまでね、海の家、残しておいてくれ、っていうね、手紙が来たの!」

マスターのこと、疑ってもしょうがないよなあと、おいらは思う。だが、松山はそうではないようだ。

「にわかには信じがたい……」

細い目をして、マスターを睨んでいる。ますますサメである。

マスターは素直にアセる。

「もうさ、地域住民に文句言われながらさ、なんとか、もう、守りぬいたんだよ」

おいらは、マスターのこのまどるっこしい言い回しが大好きだ。

「ますますわかんないな、江里子ちゃんの狙いが」

仁科があごに人差し指と親指を当てて、考えるポーズをしている。おい、笑わせるな。お前が真剣な顔してると可笑《おか》しすぎる。

「マスターにまで手紙出してきてるってところが……」

松山の「にまで」発言が気に入らなかったらしく、マスターは大きめの声を張り上げたのだった。

「お! な! すんごい、ふふふ不服!」

すぐに、ゆっくり言い含めるように語り出した。

「あのな、あの年頃の女の子は、こういう年上の男に、クラッときちゃう年頃なんだよ。こういう、ちょいワルおやじに」

不良と書いてワルと読ませるんだったかな。中年男性の幻想と願望に火をつけた人気月刊誌が流行らせたフレーズだが、マスターには最も似つかわしくないキャッチである。不精ひげこそ生やしっぱなしだが、ワルからは程遠い。

だいたい、マスターが着ているセーターのぱっとしなさは、いったいどうなのよ。かなりビミョーだよ、このセーターの柄と色は。だいたい、江里子ちゃんと逢うのに、こんな近所のパチンコ屋にでも行くような格好って、問題だろ。これのどこが、ちょいワルなんですか。夏のあいだは毎日アロハ着てたからわかんなかったけど、マスターのファッションセンス、少なくとも冬服に関しては、ヤバイよ。

考えてみりゃ、このひと、冬のあいだ、どこで何してんだろ？　海の家の経営者って、夏以外ナニしてんの？

たまらず、おいらは、ツッコミを入れた。

「どこも、ちょいワルくはないですよ」

「胃に小さい良性のポリープがございます」

「そこが、ちょいワルかよ！」

お見事。おいら、マスター、仁科の鉄壁のボール回しはブランクがあっても健在だった。いやあ、このゆる〜くハイになる感覚、海の家に帰ってきたーって気分である。

ま、約一名、この空気が不本意みたいだけどね。

「仁科、いちいちそんなくだらない、おやじギャグにツッコンでやる必要はないぞ」

杉本、ところでお前、なんでタキシード着てんだ？　全然、似合ってねーぞ。

「あー、俺はわかってしまった。彼女の真意が」

どうして、こいつは断定口調が多いんだろう。その自信はどこからくるんだろう。謎だ。謎だと思うが、おいらも含めて全員、杉本が次に何を言い出すか、固唾《かたず》を飲んでしまう。ここにいるヤツらは素直な人間ばかりだ。夏のあいだもこんなことが何度かあったことを、おいらは懐かしく思う。

注目されてうれしいのか、こほんと軽く咳払いをして、杉本はゆっくり言葉を紡ぎはじめる。

「まあ、要するに、こういうことだ。彼女は夏に出逢った白馬の王子様にもう一度逢いたい。しかし、ふたりで逢うのは恥ずかしい。そこでバイト同窓会を装ってみんなを呼び出したわけだ」

「それだね」

マスターが杉本を指差した。そして深くうなずいた。人差し指はぴーんと伸びている。

「ということで残念だが」

そう言って海の家定番の安普請パイプスツール椅子に腰かけていた杉本は、おもむろに立ち上がったのだった。

「大人の恋に野次馬はいらない。僕たちはふたりで逢いますから。みんなご苦労様。さ、遠慮なくゴーホームだ！」

こいつは天才かもしれないと、「ゴーホーム」のネイティブ・イングリッシュ・スピーカーばりの発声を聞きながら、おいらは思った。「野次馬」という単語の使い方も含め、ヤツは単なるアホではない。だから始末に負えないのかもしれない。

だが、マスターの肩は震えている。

「すっごいムカつくな……。おい、あのな、すぎもっちゃん！　おい、杉本！　いいか、なあ！　江里子ちゃんが逢いに来るのが、お前と限ったわけじゃないぞ！」

杉本は、海の家「出戻り」組である。普通なら、ここでひと夏バイトを経験したら、「卒業」だ。海の家バイトは、人生でひと夏限りと、相場が決まっている。マスターの「すぎもっちゃん」という呼びかけには、数少ない「出戻り」をいたわる気持ちがこめられていると、おいらは感じていた。それが今日は「杉本！」である。よっぽど、腹に据えかねたのだろう。だが、言い直すあたりがマスターらしい。これも人柄だな。

そんなマスターの親心を知るはずもない杉本は、お得意の高笑いをあげている。

「ハーハッハッハッ！　ちょっとちょっと！　見渡してくださいよ！　僕の他に、誰が彼女と釣り合いますか？」

まったくもって不恰好なタキシード姿で、杉本は胸を張る。おい、シャツのボタンがはじけ飛びそうだぞ。

「あのね、あのね、釣り合うとか釣り合わないの問題じゃないの。いい？　要は夏のあいだに、いかに彼女が自分を好きっぽかったか？　っていうのが重要ファクターなわけ！」

うむ。今日のマスターは一味も二味も違うぞ。

言ってることはなーんか違うよーな気がしないでもないし、「重要ファクター」っ

て言葉、どこで覚えちゃったのよー、と思わないでもないが。

とにかくマスターの言葉を受けて、海の家は途端にしゃべり場になってしまった。

ざわざわざわ。

江里子ちゃんはおいらのこと好きっぽかった！　だから、ココに来たんだよー

ん！　という想いを抑えきれず、ダムが決壊したようにしゃべりはじめる。それは

おいらも、他の三人も同様なのだった。

「うっさい！　うっさいよ！　うっさい！　うっさい！」

マスターが叫ぶ。

確かにこれじゃあ、保育園だ。デパートのキッズルームだ。社会性のかけらも、

ありゃしない。

「お前ら……バカやろう！　順番にしゃべれ！　はい！　まず……すぎもっちゃん

から〜！」

きょとんとしている杉本が可笑しい。

「は？　俺？　俺っすか？　あの……休憩時間になると、いつも彼女が僕のところに歩み寄ってきて……」

なぜ小声になる？　なぜフェイドアウトしていく？　なあ、すぎもっちゃんよ。なら、おいらが話す！　と手をあげたら、仁科も松山も同じことしていた。

「はいはい。ちょっと待っててね。すぎもっちゃん、もういいのかなあ？」

まるで保育士のお姉さんのような口調になったマスターの目が、ふと、おいらたちの向こう側を捉え、止まった。

誰か、いる？　え、江里子ちゃん？

後ろを振り返る間もなく、でかい声が鳴り響いた。

「こんばんはっっ!!」

その場にいた誰もが圧倒された。

明らかに、おいらたちとは違う人種の人間だ。

このひとは、海の家でバイトしたことはないだろうし、海の家を経営したこともないだろう。ひょっとするとこれまでの人生、海の家とは縁がなかったひとかもしれない。いるだろ。プールでしか泳いだことがないヤツ。海より、山だね、湖とか川ならいいけど、海はちょっとねえ、なんてほざくヤツ。そっち系だ。山派だ。絶対、そうだ。

「あのー……ごめんなさい……あのですね……営業はその……八月三十一日をもちまして終了しておりまして……」

神妙な顔でマスターはその男に近づいた。

「こちらのご主人、いらっしゃいますか」

コートがよく似合う男である。しかもなんだか高そうなコートである。普段から着慣れているのだろう。ごく自然に着こなしているのだ。

「ん？　私ですけど」

コートの下には、もちろんスーツだ。言うまでもなく仕立てのよさそうなスーツである。スーツが日常の職業なのだな。

おいらの周りには普段からスーツを着ているひとはほぼ皆無だ。だから、普通にびびってしまう。

男は微笑みながら、呼びかける。

「あー、笹尾さん……」

「はい、マスター笹尾です」

へー、マスターって笹尾って苗字だったんだ。いままで知らなかった。バイトしてたヤツら全員、マスターとしか呼んでなかったもんな。

男はこれまた高そうなブリーフケースから書類を取り出す。

「この海の家に撤去命令が出ています」

え？

しまった、という顔をマスターはしている。

「申し遅れました。私、弁護士の関口、と申します」

クールな身のこなしで、名刺を差し出す。嫌味なほどスマートである。

「弁護士さんか……」

うなだれるマスターにかまわず、弁護士は流暢《りゅうちょう》につづける。

「もう何回も伺ったんですけれども、どなたもいらっしゃらなかったのでね」

言葉遣いは丁寧だが、完全に上から目線だ。

間違いない。こいつは海が嫌いだ。フナムシに悪い想い出でもあるのだろう。

「ま、撤去と言っても、費用がかかるものですから。自治体もそうそうやりたがらないんですよ」

海の嫌いな弁護士は、くるりとおいらたちを見渡しながら、きっぱりと告げる。

「ちょうど、ひともたくさんいることですし、直ちにね、撤去に入ってください」

「え？　いまから？」

「はい。こんなものはバラックみたいなものでしょう？　これだけ男手があれば、ものの一時間で壊れますよ」

アタマにきた。

海嫌いのくせに、のこのこ海の家に来やがって。なにぬかす。バラックだと？

おいらたちの想い出現在進行形の海の家をバラックだと？　しかも「こんなもの」呼ばわりかよ。「直ちに」じゃねーんだよ、このクソッタレ。「男手」って、ナンだよ。おいらたちは道具じゃねーっつーの。だいたいなあ、おいらたちがどんな夏を過ごしたか知りもしねえで、いきなり「撤去」たあ、いったいどういう了見だ？

もはや、何に怒っていいのかわからなくなるほど、おいらは憤慨していた。混乱して、はらわたが煮えくりかえった。

テメエ！

そう怒鳴りかけた矢先、杉本がすっと前へ出た。

「壊すわけにはいかないんですよ」

「はい？」

「今夜まではね。明日、壊します」

コイツはなんだって、こんなに落ち着いてるんだ？

だが、エライ、エライぞ、杉本。見直した。こういうときは怒っちゃ負けだな。冷静に、見下してやればいいんだ。部外者なんだからな。相手にしなきゃいいんだ。

海嫌いの弁護士は、海の家にはいらない。それこそ「ゴーホーム」だっ！

「君、自分の言ってること、わかってるのか？　なんだったら、君を法で裁いてもいいんだよ」

むかっ。ったくよー、海嫌いのくせに！　弁護士のくせに！

おっと。

こんな部外者のことを気にしている場合じゃなかった。それどころじゃない。江里子ちゃんとおいらの絆《きずな》について、誰よりも先に発表しなければ。

「とにかくね！　俺は彼女に頼まれて、何度も何度も、駅まで送ってるんだよー！」

おいらは叫んだ。

仁科も、松山も、すかさず反応して、口火を切る。またしても同じ状態だ。

「待って、待って～。マスター、聖徳太子じゃないからね～」

マスターも、海の家五人だけの世界に、颯爽《さっそう》と舞い戻る。

弁護士はしばし沈黙していたが、やがてどこに隠していたのか、拡声器を手に抱え、口に当てて、警告を開始した。

「直ちに！　この海の家を！　撤去しなさい！　さもなくば！　ここにいる全員を！　法的に処分いたします！　直ちに！　この海の家を！　撤去しなさい！」

反響音の耳障りなこと、耳障りなこと。

マスターが慌てて詰め寄る。

「ちょちょちょちょちょっと！　あんた！　何やってんの、あんた！　静かな海で、大きな声を出しなさんな！　ここはね、湘南みたいに二十四時間騒がしい海じゃないの。ね。もう、冬場になるとだーれもいなくなる、大洗の海なの。ね。近隣の漁師さんに、迷惑迷惑」

慌てると、なぜか、おかまっぽくなるマスターなのだった。

弁護士はそれを完全無視して、さっきより大きな声で、拡声器から伝える。

「あなたのね！　このね！　違法建築物のほうがね！　よっぽど迷惑！　なんですよ！」

そうきやがったか……。

「な、なんだよ」

マスターが圧《お》されてる。

ったく、めんどくさいなあ。海嫌いの弁護士はひっこんでろ。っての。話が先に進まないじゃないの。しょうがねえ、なだめてみるか。

「弁護士さん！　わかります！　気持ちわかりますけど、実はこっちもかなり切羽詰まってんです。ね、お願いです。こっちが解決してからで、お願いします。ね、お願い」

気がつきゃ、おいらも、充分かまっぽい。なんでなのかなあ。

おいらは実際にアタマを下げてるわけではなかったが、こいつもアタマを下げているような態度の人間をムゲにはしなかった。死んだ人間を基本的には誰も悪くは言わないのと同じである。海嫌いの弁護士も一応、人の子であった。

「そんなに待てませんよ……」

しょうがありませんね、と言うかわりに、弁護士は小上がりの座敷に腰を下ろす。意外にも畳がよく似合う弁護士であった。

バトルを続行する。

こういうとき、おいらたちは、妙に息が合う。躊躇《ちゅうちょ》なく仁科が口火を切る。

「あ、俺はね、恋愛っていうのは、いかに好かれてたかよりも、どれだけ自分が好きかっていう勝負だと思うわけよ」

「それは男のエゴってもんだよ」

松山が口を挟む。ふたりとも、やけに高尚な会話を紡《つむ》いでやがるじゃねえか。

「いや、でも、俺は、この中でいちばん、江里子ちゃんを好きだっていう自信あるわけ。なんてったって群馬から来てんだから。だって片道三時間半よ」

すげえな。遠いな。往復で半日の半分以上かよ。だけどな、そういう話なら、こっちにも自信はあるぜ。なんつったって、おいらには……。

「そんなこと、たいしたことないね」

「じゃあ、松山はどれくらい好きだっつーのよ」

「超好き！　超愛してた！」

「過去形じゃダメだろ。じゃあさ、サメとどっちが好き？」

「そんなもの比べられるわけねーだろ。サメはサメ、江里子ちゃんは江里子ちゃん。どっちも超好きだよ」

って、途端に、会話のレベルが落ちまくってるじゃねえか。松山、口から出たのは江里子ちゃんよりサメが先だったな。ふふふ……。まあいい。どちらも大事、どちらも失いたくないという気持ちは、おいらだってわかるさ。

「じゃあ、杉本は？」

いつの間にか仁科が司会進行役になっている。こいつはバカでマヌケだが、お調子者でひとに気を遣うところが間違いなくある。見た目はとてもそうは思えないが、意外に空気が読めるヤツなんだよな。杉本やあいつ……なんだっけ？　名前忘れちまったが、杉本やあいつよりは百万倍、周囲の状況にアンテナを張っている。

杉本という男の困ったクセは、まず第一に、どんな話をするときも、もったいつけているところだ。

いいか、よく聞けよ。この俺様が話してやるんだからな……。

そんな鼻息の荒さが、いつも下品に濃厚に、まとわりついてくる。

「俺は――」

やっぱり、こいつは生粋のジコチューだ。信じられないくらいにジコチューなのだ。こいつがトンデモナイ男だということが、この第一声ではっきりわかる。

「女性が俺に与えた愛の分だけ、俺もその女性を愛する」

ぬぬぬ。コイツ、ずるい。だが、そのずるさ、おいらも身におぼえがないわけでもない。やっぱり、脈がないとアプローチはできないよなあ。

「ゆえに俺をこの上なく愛した彼女をその分、愛する」

は？　なんだか、言ってる意味がよくわからなく……。

「ゆえに……超愛してた」

やっぱりアホだった。松山も呆れている。

「結局一緒かよ」

「マスターは?」

マスターは不思議な顔をしている。地味といえば地味。しかもカビみたいなひげが一年中張り付いているので、印象が暗いといえば暗い。だが、アロハシャツは妙に似合う。その不思議さゆえか、表情は読み取りにくい。たとえば瞳。黒目の占める割合がやけに多いので、何を考えているかわからないところがある。あせっているようでもあり、動揺しているようでもあり、何も感じていないようでもあり、落ち着いているようでもある。小動物のようだ。そう、森の中で震えているのだが、基本的に何も考えてはいない……リスのようなおじさんなのである。

「え? 四十五年の独身生活、俺は彼女のために独身を守りつづけてきたのかな?」

かっこいいこと言うねえ。四十五歳だったんだ、リスおじさん。

「っていう感じ? これは……運命……運命と書いて……」

何も考えてないようで、実は考えてるんだよなあ。

「うんめい?」

「まんまじゃねえかよ！」

「いや、だから、その類のボケは拾わなくていいって言ってんだろ」

拾う仁科も、チェック入れる杉本も、律儀だ。それにしてもマスター、あんたってひとは……やっぱり、なんも考えてない？

「猫田さんは？」

仁科が言う。ようやくおいらの番だ。

「俺はさほど好きじゃない」

心の中で咳払いするような気分で言ってみる。だってさ……

「え～じゃあ、何で来ちゃったの～」

騒ぐ仁科。お前ってヤツはどうしてそんなに素直なんだ。だからさ……

「男だもの～。据え膳食わぬはナントヤラでしょうが～」

そう答えながら、「据え膳食わぬは」の意味がわかるヤツがここにいるのか、ちょっぴり、いや、かなり疑問だった。

杉本はまずわからないだろう。仁科も微妙だし、マスターも年齢のわりにはあやしい。かろうじて、松山なら大丈夫か。なんて、このおいらもナントヤラの部分をうめられないんだけどね。なんだっけ？　「据え膳食わぬはモッタイナイ」だっけ？　とにかく、出された飯は残さず食べろってことだよね？　違うか？

「うわ、汚れてる〜」

ここにいる全員の総意、とばかりに仁科が、文字通り汚いものでも見るように、おいらから遠ざかる。なんだ、その目は。つまりな……

「じゃあ、お前らだって、どうだ？　特に何とも思ってない女でも、『抱いて』と言われりゃ抱くだろうが。そりゃ、こんなとこまで来ちゃうよ。『抱いて』と言われりゃ……」

真面目な松山が慌てて口をはさむ。

「『抱いて』なんて、あの手紙のどこにも書いてないから！」

いや、そうなんだけどね。

「そんな汚れた考えの人に江里子を渡すわけにはいかないね！」

お前に言われたくないね、杉本クン。だいたい「渡す」ってなんだよ。江里子ちゃんがいつからお前のものになったんだよ。

「そうだ、即刻退場すべきだ」

かー、マスターまでもが。オトナゲないじゃないですか。って、リスおじさんにオトナを期待しちゃあダメか。

あのねえ、みなさん、おいらが言いたいのはさあ……

「あ、そうか、アレじゃない？　今日さ、みんな呼んであるってことはさ、もうひとりの女の子も来るんじゃないかな？」

松山が妙なことを言い始めた。

「ああ、よしみね」

杉本が、よりによって杉本が、嘲り笑うように、よしみの名を呼びすてにする。

おいらは、本題に入る前に出鼻をくじかれたことと、よしみの話題になってしまったことで、動揺してしまう。

なんでだ。なんで、よしみの話になるんだ。「ああ」と曖昧《あいまい》に相づちを打つ。

「あれ連れてどっか消えてくださいよ」

仁科が邪気のない快活な声で、とんでもないことを言う。

「あ、それがいいかも」

松山までもがニヤニヤと無邪気な笑顔を浮かべて追随する。

なんだよ。なんだよ、これ。どうなってんだよ。なんで、こーいう展開になるワケ？

「いや、ただ、さすがの猫田さんも、あんなブスとはデートできないだろう」

思考停止。

のちに、沈黙。

す、すぎもと、て、てめえ……

「ですよね？　思い出しただけで笑えてきた。あの顔！　あの顔！　なんぼなんでも、あれは無理っしょ、あれは。あーはっはっはっ！」

マジに笑っている仁科。あのなあ……

「まあ、江里子の引き立て役みたいなもんだったからな」

杉本、なに冷静な顔して、つぶやいてやがるんだよ。

「偉大なるブスだ～、よしみちゃん。へーへっへっへっへ！」

仁科、いい加減に笑うのやめないと、ぶん殴るぞ。

「そんなに笑えるっけ？　あいつの顔」

おいらは極力冷静に、ヤツらに伝えた。だが、指先は少し震えていたかもしれないし、顔はちょっぴり紅潮していたかもしれない。

「大爆笑ですよ！　いーひっひっひっひ！」

いつまで調子に乗ってるつもりだ、え？　仁科！

「まあ、それか、気分悪くなるかだな。ぐふふふふ」

おい、杉本。おいらはいま、右手、グーになってんだけど！

「そんなかなあ？」

なるべくすっとぼけた発声で、軽く反論してみる。まだ手が震えてる気がするし、顔はさらに赤くなっているかもしれないが、いまのおいらは、そう反応することしかできない。

「おい、ちょちょちょ、こらこら。一緒にバイトしてた仲間をな、そんなふうに言うもんじゃないよ、ほんとに」

助け舟を出してくれたのはマスターだ。やっぱりマスターは頼りになるな。マスター、好きだよ、マスター。

「じゃあ、マスターもよしみちゃんの顔、思い出してみてくださいよ」

勢いよくツッコミを入れる仁科。こいつ、本当に、ノリにのってるな。

「そんな、思い出したからって、僕は笑わないよ……ぷー！　ぷはぁーはっはっはっはっは！　はのは！」

マスター！　思いっきり笑ってんじゃん！　なんで腹までかかえてんだよ！

うろたえ、崩れ落ちる寸前のおいらに、ケダモノ同然の杉本がいたぶりの言葉を浴びせかける。

「まるで、西田敏行の女装だったもんな」

「いや、かわいいトコもあったよ」

あまりの物言いに、そうフォローするのがやっとだったが、間髪置かず、仁科のはしゃぎが割り込んでくる。

「ないないないない！」

「一分一秒を争うブスだ」

ス、スギモト！　それ、そんなにカッコつけて、クールに言うような台詞か？
「東京ドーム四個分のブスですよ」

仁科のボルテージはあがりっぱなし。おいらは沈みっぱなし。

「そうか……な……そこまで……言う……かな……」

そうつぶやくのが精一杯だ。

「あれ？」

松山が首を傾げる。

「やけにかばいますね、猫田さん」

仁科が妙にうれしそうな顔をする。

「ま、まさか。いや、そんなんじゃないよ。な、なんだよ。なに、言ってんだよ」

あからさまに、あせってるおいら。

ど、どうしよ。だって、おいらとよしみは……

そのとき、着メロが鳴った。「エリーゼのために」。メロディで誰からかはすぐわかる。慌てて止める。それにしてもなんだって「エリーゼのために」なんだ？　あ、あいつが勝手に登録したんだった……どうして「エリーゼ」だ？　江里子ちゃんがエリーゼならわかるが……。あいつは「よっしー」だろ。「よっしー」……。おいらは手の平に汗をかいており、ケータイを開く手も、操作する指も、どちらもひどくもどかしかった。

「出てくださいよ」

仁科が屈託なく気を遣う。お前なあ、屈託なさすぎんだよ。

「いや、全然いい。お前たちとの楽しいトークが優先だよ」

動揺していて、自分でも何を言ってるのか、よくわからない。

すかさず、もう一度鳴る。速攻、止める。さっき、マナーモードにしとくんだった。いまも忘れた。いまさら、ジタバタするのもみっともない。どうしよ。

「いや、だから、出てくださいよ」

仁科が心配そうに見る。頼む、仁科。いま、おいらを見ないでくれ。やばい。おいら、やばいんだ。ピンチなんだ。見ないでくれ。お願いだから。

「いいじゃないですか。出てくださいよ」

念を押す仁科に、素直に従うしか、いま、この状況から逃げ出す方法はない。

「そ？　じゃあ、お言葉に甘えて、コールバックしてきます」

言えた。結構すらすら言えた。これで誰もおいらを疑わないだろう。

おいらは海の家を出て、よしみに電話しに行った。

海風が、激しく流れた汗を冷たくした。

ポワソン（海の料理）

「焼きはまぐり」

～杉本の場合

簡素な建築物の戸が開くと、夜の潮風が入り込んできた。
冬の海の匂いがした。
江里子を思った。
あの夜の江里子の匂いが、よみがえった。
目を閉じると、波の音が聞こえる。
江里子とふたりきりで聴いていたい。
ざざざざ。
そうだ、あのときも、こんな響きに、一緒に耳をすませていたっけ。

きみはいま、どこにいるんだい？
いずれにせよ、少しずつ近づいてはいるのだろうね。
わかるよ、だって、きみの匂いがちょっぴり飛んできたから。
きみは知らないだろう、海の家がこんなことになっているなんて。
江里子、困ったことになったよ。
でも、大丈夫。

きみが来るまでに、なんとかしてみせる。

コールバック。

猫田さんが残した捨て台詞は、我が耳を疑うような代物だった。コールバックなんて言葉を使っている人間が実在していたとは。これは驚きに値する。やはり猫田さんは普通じゃない。

軽く呆然としていると、マスターの携帯電話が鳴った。

「おうおうおうおうおうおうおう」

マスターの身にも何か異変が起きたらしい。これは明らかに尋常ではない。獣のような声をあげて仁科に着信画面を見せている。

「うお！」

「こんな偶然あり？」

仁科も松山も驚きの声をあげている。

「これは、さっきまでの話が話だけに気を引き締めて臨まないと……」

芝居がかった口調でマスターが携帯電話を睨み握りしめる。以前から感じていたことだが、マスターは若い頃、演劇を志していたのではないだろうか。どことなく小劇場の匂いがする。案外、作・演出も手がけ自ら出演もする、小さな劇団を主宰していた可能性がある。何らかの「過去」がありそうなのだ。そもそも、それなりの「過去」がなくて、海の家のマスターなどやってられないだろう。

もし、その頃、マスターが俺と出逢っていたら、マスターの人生も随分変わったものになっただろう。まず、俺の男っぷりに惚れたマスターは間違いなく俺をスカウトした。「キミ、役者やってみる気はない?」。この外見と、ルックスに負けぬ演技力で、女性客を中心に多大な支持を得、みるみる劇団の看板役者にのし上がっていく俺。劇団の人気もマスターの評価もうなぎのぼり……だったはずだ。

マスターは、さっきまでとはガラリと変わって、猫なで声で電話に出る。

「もしもし、あー、えー? よしみちゃん! あーお、お久しぶり。うん。え? お久しぶり。元気? うん。あ、そう? ううううん、え? 猫田くん? あ、いるよ、いまはいないけど。あああのさ、今日、よしみちゃん……あ、来ない? えーっと、手紙……とかは、え? あ、行ってない? あ、そう、みんなのとこには行ってたんだけどね、いや、その、みんなのとこに行ってたのは知らなかったたんだけれども。あ、そう、行ってなかった。え？　じゃあ、なんで、猫田くんがいるの、わかったの？　あー？　えー？　ＧＰＳ？　ＧＰＳってアレだよね？　ＧＰＳつけてんの？　そう、そうなんだ、イマドコサーチできるの？　すごいね、時代は変わったね、青春だね、そうだよね、迷子になるといけないもんね、そう、そうなんだ、猫田くんをね、そうか、猫田くんと……うん、わかるよ、わかるわかる、それくらいわかるよ、よしみちゃん。うん、そうなんだね、マスター、うれしい。いや、マスターとしてうれしいな。あのね、海の家はロマンスが生まれてナンボだから。そこはね、やっぱり。ラブラブなら、ＧＰＳつけても当たり前だと思うよ、だってもう二十一世紀だもんね、マスター、オジサンだから、現代の若者たちの恋愛模様はよくわからないんだけど、うん、きっと、ＧＰＳのそういう使い方、きっと正しいと思うな。うん、うん。マスターはわかんないけど。いま？　いまって、いまのいま？　あ、いまはね、猫田くん、ちょっと出ちゃってるんだよ、あれ？　どうしたかな、うん、わかった。戻ったら、伝えます。うんうんうんうん、そのね、気づいてないだけだと思うよ。うんうん。あの、よしみちゃん、ちなみに猫田くんはＧＰＳつけてんの、知ってるの？　あ、知らない？　なるほど……いや、いいんじゃない？　そういうのも。いいと思うなあ、マスターは。うん。じゃあ、ま、そういうことで～」

電話を切った。マスターの声は大きいので、その後の静寂により一層落差が生まれる。沈黙。全員でマスターを見守る沈黙である。

「これは……マズイことになったよ」

やはり無駄に構えた話し方である。大根役者だな。きっと己の演技力のなさに絶望して演劇から足を洗ったのだろう。そうに違いない。そもそも、いったい何をもったいぶっているのだ。

「なにがスか？」

仁科がとても日本語とは思えないような発声で疑問を口にした。

「猫田くん、よしみちゃんと付き合ってるらしい」

なるほど。猫田さんならありえる話だ。

だが、ここにいる人間たちは軽く動揺している。

「え、あ、あの、でも、別に付き合ってたっていいんじゃゃ……」

松山らしい「とりなし」である。途端にマスターが語気を荒げる。

「バカモノ。さっきまでの会話、思い出せ」

松山も仁科もようやく気づいたらしい。「あいや！」「マズイだろう！」と騒いでいる。

「エライことまで言ってたよ～」

マスターが他人事のような言葉を吐く。このひと、思ってたより、冷静だな。

「完膚《かんぷ》なきまでのブスって……」

「西田敏行の女装って……」

仁科、松山。お前らはアマイ。アマすぎるよ。こういうときは、こう言うんだよ。

「ザラキを唱えても死なないブスって」

「それは言ってない！」

マスター、松山、仁科の息があった。こういうときだけ、テンポいいのな。

「あ、じゃ、さっきの電話、よしみちゃんからだったんだ」

当たり前のこと言うんじゃない。仁科。お前のような人間が二十一世紀になって

も消えてなくならないから、ドラマや映画でも「説明台詞」が一向になくならない

んだ。わかりきったことを、わざわざ口に出すのは、人類の頭脳を低下させる要因

だぞ。言わば、これは「環境破壊」なのだぞ。

「あ、ちょっと待って、ちょっと待って、ちょっと待って……ああ、いいい、ちょっと待て待て」

誰でもそうかもしれないが、マスターはあせると、同じ言葉を何度も繰り返すようになる。当然のことだが、同じ言葉を繰り返していても、物事は前には進んでくれない。

だが、マスターは決してただの馬鹿ではない。演劇に挫折した経験から、多くのことを学んでいる。マスターが同じ言葉を繰り返しているのは、思考が停止しているからではなく、次の段階に進むための呼吸を整えているからなのである。あくまでも予想だが。

「待て待て、待った待った」

まるで自分自身に語りかけるようにケータイをプッシュしたマスターは、比較的落ち着いた物腰で、会話しはじめた。

「あ、よしみちゃん？　んー、ん。マスターだよー。うんうん。あのさ、あれから猫田くんと電話つながった？　あ、そう。それは残念。あのさ、あの、ちょっとあの……マスター、ひとつ言い忘れたことがありました。うんうん。あの、ふたりが付き合ってるのさ、猫田くんは恥ずかしくて言えないみたいだからさ、うん。あ、いや！　いやいやいや！　それは！　違うね、違うよ、よしみちゃん。あのね、猫田くんは照れてるだけだと思うよ。うん、そうなの、そういうもんなの。いや、あの、よしみちゃんの顔がどうこうとか、そういうことではないから！　それはないから！　それはないから！」

マスター。繰り返しすぎである。

「あのね、よしみちゃん。そうなの、男はね、照れるものなの、照れるものなんだよ。うんうん。だからね。うんうん。そうね、あのね、だからね、オレにさ、あの、さっきふたりが付き合ってること話したのは、ちょっと内緒にしとこうよ。うんうんうんうん、そうだね。こっちもさ、猫田くんからなんか言われないかぎりね、あの、知らないふり、しとこうと思うんだ。うん。そうなんだ。うん。ね」

マスターが伝えたいことは次のところだけだったはずだ。

「オレにさ、さっきふたりが付き合ってること話したのは、内緒にしとこうよ」

これだけのことを伝えるのに、マスターはあれだけの「うんうん」を繰り返したのである。よしみなんて女に、そこまで気を遣う必要などないのに。だが、それがマスターなのだろう。そういう余計な優しさが、劇団を解散する原因でもあったのだろう。こうやって小劇場ブームの最中、多くの名もない劇団が消えていった……。もちろん、推測だが。

そんなことを考えながら、ぼんやり眺めていると、松山が素っ頓狂な声をあげた。

「アタマ、いい！」

なんという頭の悪そうな発声なんだ。君は本当に大学に通っておるのかね。

「さすが年の功」

まったくもって似合わない台詞を仁科が口走る。

「いいね？　オレたちはふたりの関係を知らないふりだよ」

まんざらでもない様子で、マスターが目配せをする。そんなときに申し訳ないが、釘を一本さしておこう。俺がささないで、他に誰がさす。

「ただ、マスターがいちばんおしゃべりじゃないですか」

「そうだよぉ～。なんでもかんでもしゃべっちゃうじゃん、マスター」

仁科が同意した。

「気をつけてくださいよ」

念を押してみる。

マスターの問題はここである。それは人間的な欠陥と呼んでもいいとさえ思う。基本的な貞操観念が存在しないのだ。そもそも秘密の共有など、できない男なのだ。

「オッケー、オッケー！　お口にルージュ！」

「チャックでしょ！」

「だからその類のボケは拾わなくていいっつってんだろ」

マスターも、仁科も、自分も、進歩がない。いわば条件反射のように、こうしたギャグをめぐる無駄なドリブルを繰り広げてしまう。

無駄だ。無駄は非合理的だ。それが気に入らない俺はつい、否定したくなる。バカなどほっておけばいいのに、つい構ってしまう。優しい男なのだ、俺は。

猫田さんが戻ってきた。

仁科がせわしなく声をかける。

「あ、話せました？」

「いや、ずっと話し中なんだよね。ま、別にいいんだけど」

そりゃ、そうだ。よしみはさっきまでマスターと電話してたからな。

「えっと、何の話してたんだっけ？」

「よしみがブスだって話」

文字通り「パブロフの犬」状態で、反応してしまった。だが事実だ。やむを得まい。

マスターがそれを誤魔化すように、テーブルをどんと叩いた。

猫田さんは微妙な表情をしている。当たり前か。

「え？　あれ？　そんな話だっけ？」

仁科が落ち着いてとりなす。

「そんな話は全然してないですよ」

松山も呼応する。

「だよね。誰がいちばん江里子ちゃんを好きかってこと」

そうだ。その話だ。

「そうそうそう！　んーじゃあ、おさらいしようか？　えーっと、えーっと、まず、仁科っちは？」

「超愛してます」

「超ね。超越の超ね？」

「それ以外、どんな超があるんすか」

同感。実にくだらない。

「はい。じゃ、松山くんは？」

「鬼愛してます」

やるじゃねえか。

「え？　鬼？　江里子ちゃんより鬼が好き？　へ？」

マスターが、素直に反応する。

「いや。超を超える若者用語です」

仁科は冷静だ。だがバカだ。こういうときは無視しろ。無視。

「え？　じゃあ鬼戒免職とかいうの？　オニカイメンショクとか」

意味がわからん。

「マスター、懲戒免職のチョーは超越の超っていう字じゃないですよ」

松山は真面目だ。だがクソだ。クソ真面目なのだ。

「ちょっと、そんな話してる場合じゃない！」

仁科が我にかえる。

「めんご！　鬼めんご！　で、すぎもっちゃんは？」

イッツ・マイ・ターン。

「閻魔愛してます」

「出た！　すんごいのが出たね！　閻魔だよ、鬼、超えちゃったよ、おい！　どうする？　どうなる？　オレは運命と書いてウンメイ。はい、じゃ、猫ちゃんは？」

「あ、俺はさっき、そんなに好きじゃないって言ったけど、実は江里子ちゃんが死ぬほど好きです！　よろしく！」

猫田さんはいい加減なひとである。バイト中もそうだった。ポカがやたらに多かった。トシもトシなのに。

「おい！　ちょっと待て！　死ぬほど？　死ぬほどだよ！　死ぬっていうのは、閻魔を超えるのかね？」

マスター、調子乗りすぎ。

「いや、死ぬほど、ですからね。文句なしに俺がいちばんでしょう」

って、猫田さん、自分が何言ってるか、わかってる?

「いや、わかんないよ! だってほんとに死ぬかどうかわかんないじゃん」

って、マスターも、何をいったい躍起になってるんだ。

「いや、マジで死ぬほど好きですよ! 少なくともマスターの『運命感じる』よりは上でしょう」

「おい! 何言ってんだ! 手前、テメエ、てめえ、貴様! 馬鹿野郎、バカヤロー! ふざけんな! 運命っていうのはさ、な、あの、神様が定めた道なんだからさ! 閻魔より上だよな!」

マスター、大丈夫か。いつからクリスチャンになったんだ。そもそも、閻魔と神様が戦える……はずがないだろう!?

猫田さんが容赦なく喰らいつく。

「だってマスター、神様としゃべったことないでしょう?」

「ないけど、そうだよ!」

「だったら、そんなの通らないですよ!」

くだらない。くだらなすぎる。

「うるさいよ！　君はよしみちゃんと付き合ってるんだから、立候補する権利ないよ！」

あ。

言っちゃった。

そうくると思ってたよ、マスター。

やっぱりな。

「よしみと……僕が……付き合ってる？」

「ああ、ああ、そうだよ！」

あ～あ～、そうだよ～。っていう歌があったなあ。あれ、しょんぼりする歌だったなあ。

こうなったら、もう、やめられないとまらないのがマスターである。

「さっきさ、よしみちゃんからさ、電話があってさ、うん。『わたしと猫田さん、付き合ってるですぅ』って言ってたよ！　『なんで恥ずかしいのかな……』なんて言ってたよ……OH！　NO！　言っちゃった……言っちゃった……」

いっそ、自分が言っちゃったことに、気がつかなければよかったのに。

リアクション、困るぜ。さすがにこの沈黙は。言いっぱなしのほうが罪は浅い気がする。どっちでも同じか。まあ、とにかく同情します。

さあ、どうする？　猫田さん。

「知ってたの？」

あー、そうきたか。そうだな、それだな。それしかないな。うん、正解。

さあ、どうする？　みんな。

「あ、いや～その～実はね、実はみんな知ってて、逆に、よしみちゃんのこと、ブサイクだって言ったら、猫田さんがいつ怒るかなって、遊んでたんですよ。みんなで」

仁科。お前、アタマ、あるのな。この短時間で、よくやった。ほめてやるよ。ただ、「みんなで」と念を押すのはどうなんだ。いかにも悪いのはオレじゃないと言いたげだな。

猫田さんは「ふうん」てな涼しい顔をしている。ま、悩むよな、こういうとき、どんな表情したらいいかは。

「ほんとはね、ほんとは……うらやましかったんです。みんな。それで、よしみちゃんのこと、ブスだなんて……」

松山。お前はやっぱり仁科よりは馬鹿だな。で、マスターより演技力がない。芝居をためすぎ、なんだよ。もうちょっと真剣にやらんかい。

志が低いんだよ、そもそも。突破するという意志が圧倒的に欠けている。仁科が鉄砲玉として乗り込んでいった意気込みを引き継ぐ、引き受ける魂がお前の台詞からは感じられない。違うんだよ。茶番だからふざけてやっていいってことはない。嘘だからこそ大真面目に挑んでいかなきゃ意味も意義もありゃしない。

「いや、ブスだよ。よしみは」

猫田さん、わかってるんじゃないか。わかってればいいんだ。

「そ、そんなことない……」

おい、仁科、笑いをこらえてるんじゃない。真面目な顔で言え。こんなふうにな。

「猫田さん、そんなことないですよ」

どうだ。このぐらい自然に言わなきゃダメなんだよ。

「だって江里子ちゃんにくらべたら……」

猫田さんのため息につい反射的に反応してしまった。

「まあ、江里子とくらべればね」

マスターや仁科の鋭い視線を感じないわけではないが、本当のことだ。仕方があるまい。無理して嘘を言うことほど、相手に失礼なこともない。

松山が何かを言おうとしている。

「あ、あ、あの……ク、ク、クリスマスなんですから、帰ってあげたほうがいいんじゃないですか?」

それだよ、松山。よしみと付き合ってる猫田さんを慰めるんじゃなくて、よしみと付き合ってる猫田さんを肯定するつもりで言わなきゃいけない。よーし、そのノリだ。

ほら、猫田さんも「松山……」と感動している。

「かわいい彼女がケーキの前で待ってますよ」

いいぞ、仁科。ナイスだ。ボールは確実にゴールに近づいている。

「ほんとだよ。プレゼントも買ってあるんだろ」

マスター、台詞の弱さを芝居でカバーしたな。かつての仲間、元劇団員たちに聞かせてやりたい出来だったぜ。

猫田さんの瞳は、もうウルウルしている。

よっしゃ！　さあ、いくぞ。

「急げよ。サンタさん」

決まった……。我ながら見事なシュートだ。

「……俺、帰るわ……」

猫田さんの言葉に全員が深くうなずいた。

「俺には……よしみがいるんだよな」

すかさずマスターが語りかける。

「大切にしてやんな」

くー、まいったね。どうにもこうにも。

「よしみちゃんによろしく」

仁科は、猫田さんの肩に手を置くような言い方をする。

「よろしく」「よろしく」と声がかかり、猫田さんは満足げに微笑んだ。

「ああ。また会おう。みんなで」

もちろんです。

「じゃ」

去っていく猫田さんを追いかけるまなざしは、一様に笑っているのだった。

猫田さんの気配が完全になくなると、彼らは一斉に脱力した。

複数の人間が集い、ひとつの目的に向かって行動しているとき、それが労働という「無私」が大前提ではない場合なおさらそうなのだが、たったひとりメンバーが欠けただけで、自分たちがいかにそれまで、団体行動を維持するために労力を傾けてきたかを実感するものである。

大雑把な言い方をすればそれは「ホッとする」ことに他ならないが、今回は相手が猫田さんだったということもあり、徒労感の大きさに軽く打ちのめされているといったところだろう。

どんなに失礼に思えるヤツもそいつなりに周囲に気を遣ってはいる。

ただ、それが伝わる場合とそうでない場合があるというだけの話だ。「あいつは自分のことしか考えていない」と人が言うとき、そう言った人は間違いなく「自分のことしか考えていない」。

つまり、他者を何らかのかたちで断定しようとする場合、断定しようとする者は己の尺度と思考の貧弱さに無自覚である場合がほとんどなのである。

要するにAがBを「気を遣わない不遜な人間だ」と決め付ける場合、それはAの気の遣い方とBの気の遣い方が違うという当たり前の現実に無駄に抗っているだけのことであり、それを「自分の気の遣い方と他人の気の遣い方は同じであるべきだ」と強引にねじ伏せようとすることのほうがよっぽど「不遜」なのだが、「正論」を吐いているつもりのAは、一生そのことに気づくことはないだろう。

AとBは違う。一対一の関係性では、お互い自明のものとして容認し、折り合いをつけられていたはずのものが、三人以上から複雑怪奇なものへと変貌していく。

ざっくばらんに言ってしまえば、そうした「面倒臭さ」からの回避の一手段として、ほとんどの断定は為されている。

ただ、断定するにせよ、しないにせよ、疲れることに変わりはない。集団行動とはそのようなものだ。

こうした疲労をうやむやにすることができなければ、ひきこもりへの道が待っている。「打ち克つ」などという大げさなことではない。ただ、うやむやにしていければいいのである。

うやむやにするための最も手っ取り早い方法は何か。それはどんな状況下でも「自分らしく」在ることだ。

もちろん、そのためにはある程度「自分」というものを鍛える必要はある。周囲に流されず、「自分らしく」在ることは、それなりに骨がおれる作業ではある。だが、少々厄介なこの作業を身につける努力を惜しみたいのなら、それは同時に、他者に対する断定に加担することにもなるだろう。

他人に同調することは、誰かを排斥することにつながっている。別に人類皆兄弟などと考えているわけではないが、安易な愛想笑いの集積がツマハジキという現象を引き起こしていることだけは忘れたくない。

見ろ。俺を見ろ。ここにいる杉本という男は、まさにこうした日本特有の村社会に抗い、ひたむきに自己を鍛えてきた。「自分らしく」在るために、一歩一歩前進してきたのだ。わかるか。わからないかもしれないが、できればわかってほしいものである。

まあ、とにかく、彼らは脱力していた。つまり、それぞれがそれぞれに対して気を遣っていた事実に向き合わされたのである。同時に彼らは思うだろう。ひとり欠けると、これほど楽になるものなのかと。

「いやあ、どうなることかと思った……」

しばしの沈黙を破ったのは仁科のため息まじりの一言であった。

「もう、勘弁してくださいよ、マスター」

ゆるくマスターを責めるのは松山である。

仁科と松山の発言には何気に役割分担がされているなと感じる。仁科は無防備なのだ。無意識のムードメイカーでもある。松山は脳を経由してからでないと言葉を発することができないし会話ができない。

もちろん仁科にだって脳はあるだろう。だがその脳が決して重くはない。だからあれだけ無防備でいられる。松山は脳が重いのだ。脳が重いからといって頭がいいとは限らない。脳の重さが発想や行動や実現力の弊害になることも少なくない。松山は余計なことを考えすぎる。だから出遅れるのだ。

したがって他人の言葉を踏まえてからの言説が多くなる。こうした輩は先陣を切ることができない。だが、それでいいのだ。人間にはそれぞれ役割というものがある。ふたりとも己の役割を認識などしていないだろうが、役割を自覚すれば人生は随分楽になる。

「ごめんごめんごめんごめんごめんご……」

謝りながらも「ごめん」が「めんご」に推移していく言葉のグラデーションを呑気に楽しんでいるマスターは例によって優雅だ。この人は確かに「自分らしく」生きている。そもそも海の家を経営するなんてことは、酔狂以外のなにものでもない。

「あの……」

耳慣れない声がする。

誰だ？　あ。

この人、まだいたんだ。

すっかり忘れていた。靴を脱ぎ、小上がりでじっとしていた弁護士のことを、すっかり忘れていた。おそらく、ここにいる全員がそうだったに違いない。猫田さんも、弁護士のことを忘れたまま、この海の家を後にしたと思われる。

「おうおうおう！　なんですか？　いま、私たちがしたことは法に触れますか？」

マスターは好戦的だ。「私たちがしたこと」は確かに集団詐欺の一種かもしれない。だが、違法ではないだろう。弁護士の出る幕ではない。

「そんなこと言っててんじゃないんですよ」

以後、弁護士は朗々と語りはじめた。

「私は、いつまで、あなたたちのエリコちゃんがどうとか、よしみちゃんがどうしたとかいう話を聞かされなければいけないんでしょうか。私を忘れないでください。部外者なのに、猫田さんがよしみちゃんと付き合ってるのを知ってしまい、それを隠蔽《いんぺい》しようとしたあなたたちの姿も全部見てるにもかかわらず、それを内緒にしてくださいね的な台詞も言われず、それでも、あー大丈夫だろうか、マスターはおしゃべりらしいけれども、ふとした拍子にしゃべってしまわないだろうかと心配している私の身にもなってください！　案の定、マスターがしゃべってしまって、それをサメのような顔のその人がうまく誤魔化したときに、ホッとして、猫田さんがめでたくよしみちゃんのところに帰ったときに軽く涙ぐみそうになった私の身にもなってください！」

鬼気迫る長台詞である。アカデミー賞最優秀助演男優賞ノミネートものだな。しかも受賞を逃して、逆に観客の記憶に残りそうな。


圧倒された彼らは一斉に「すみません」と答えた。その中で、ひとりだけ「すみませぬ」と言った者がいた。もちろん、俺だ。常に「自分らしく」在るこの俺だ。

耳ざとい弁護士は、それを聞き逃さなかった。聖徳太子なみの阿呆だな、こいつ。

「いま、君だけ『すみませぬ』と言ったね。反省してないよね、君」

「いえ、反省してます」

もちろん、反省してません。

やっぱりな。ガッコの先生みたいなヤツだったな。弁護士としても当然、無能だろう。

「もう、充分待ったでしょう。さっさと撤去作業に入りましょう」

途端に事務的な口調になる。

「いやいや、いやいやいやいやいやいやい！　ちょっと待ってろよ！　夜はマズイですってば！」

腰が低いのか、強気なのか、自分でもよくわからなくなっているマスターが止めに入る。

弁護士の態度に変更はない。

「いまのうちにやっておかないと、明日の昼に集合と言っても、集まるわけはないんだ。いまやるのが、いちばんいい」

「いや、集まります！　今夜は、今夜だけはマズイんですよ」

「彼女はこの海の家に遊びに来ることを、とりあえずの理由にしてるんです。だから、ここがなくなったら、モトもコもないんです」

例によって、仁科と松山が連携する。だが、泣き落としが通用するような相手ではない。弁護士は、今度は喰ってかかるような態度になった。

「じゃ、なに？　結局、君たちの誰がエリコちゃんをモノにするかが決まればいいわけ？」

「うん……まあ、そういうことかな」

おい、仁科！　そういうことじゃないだろうが。なんでも言えばいいってもんじゃないぞ。脳が軽すぎるのも考えものだな。それにしても、なんてデリカシーのない弁護士なんだ。失礼だぞ。江里子に対しても、ここにいる男子全員に対しても、失礼だぞ。だいたい、「君たち」ってなんだ？

「じゃあ、とっとと決めましょうよ。ね。ま、客観的な立場で、いろいろと話を聞かせていただきましたけれども、女性と付き合うというのは、自分がどれほど思ってるとか、そういうことじゃないんです。そんな子供っぽいことを言っちゃいけませんよ。ね。男女というのは夫婦も一緒ですけれども、どれだけ自分が思っていても、相手の了承を得なければ成立しません。それゆえ、あなたたちが、エリコさんのことを愛しているのならば、問題なのは、その『程度』じゃない。エリコさんが誰のことを愛しているかです」

大きく出たな。

マスターが、辛抱たまらん、といった様子で詰め寄る。

「ちょっちょっちょっとあんた！　ちょっとぉ！　あんたさあ、あんたさあ、どんだけ偉い弁護士さんだか知らないけど、オレたちの恋バナにまで首突っ込むのやめてくんない？　ちょっと今日のところはさ、コレでお引き取り願えませんか！」

「いや、こういうものを受け取るわけにはいかない……って、なんですか！　これは！　ベルマークじゃないですか！」

無駄なコントに巻き込む。マスターのペースである。

気がつけばふたりは隅のほうでコソコソ話をしている。会話の内容は聞きとれない。

「みんな、実はね、この弁護士さん……！」

大きな声をあげたマスターの口を、弁護士が必死に押さえている。

「やめてください！　やめてください！　他言無用です！　ま、自分のことはともかくね、仕事ではいろんな離婚関係を扱ってるんです。男と女のことは知りつくしているつもりです」

「ふーん。でもね、そんなことされても、弁護料は払えませんよ」

「いいんですよ。私はね、このくだらない色恋の話に早くケリをつけてもらって、この海の家を取り壊したいだけですから！」

「まあ、それなら」

どうやら、マスターと弁護士の間で、商談は成立したようだ。しかし、いったい、何がどう成立したというのだ。

弁護士はおもむろに語りかけた。

「じゃあまず、そこのキザったらしい彼から、お話伺いましょう」

キザ？　俺のことか？　俺が俺らしく在ることが、お前にはそんなふうに映るのか？

「なんですか？」

「あなたがどれだけエリコさんに愛されていたかを教えてください」

わかりました。俺の、いや、江里子とぼくのショウを聞かせてあげよう。


江里子。

もうすぐ逢えるね。

だって、きみの匂いが、もうすぐそこまで来ているのを感じるもの。

きみが辿り着く前に、彼らに伝えておくことにするよ。

きみとぼくとの、ある香りをめぐるストーリーを。

愛しているよ、江里子。
ぼくはこんなにも幸せだ。
ぼくは世界を肯定している。
マスターも、仁科も、松山も、猫田さんも、よしみも、きっとこの弁護士のことも。
すべてを肯定したいと思うんだ。
なぜなら、きみとぼくとがめぐりあえたこの運命に感謝しているからさ。

ああ、江里子。
きみにくちづけするように、優しく話してみるね。
ふたりの大切な想い出がこわれてしまわないように。そっと――。

グラニテ（お口直し）

「トマトサラダ」

～弁護士の場合

弁護士と探偵は似ている。いずれも多くの場合、男女の絆を客観的に捉えることが責務となるからだ。

もっとも、私がそのことに気がついたのは弁護士という仕事に就いてからだった。弁護士は私の天職である。これは動かしようのない事実だ。だが、同時に私には探偵の才能が備わっていた。だが、このことが実に悩ましい結果を私にもたらすことになった。

長い話は嫌いだ。だから割愛するが、私は妻の浮気をこの目で確認した。ある予感に衝き動かされて尾行をすると、彼女は見事に若い男とラグジュアリーなホテルに入っていった。

若い男に彼女が向けた鮮やかな微笑みが今日も忘れられない。

なんて化粧のノリがいいんだと、冷静な私は妙なことに感心していた。女性ホルモンが有機的に活動しているからだ。あんなふうに綺麗な彼女を、私は交際中も見たことがなかったことに気づいた。

不思議なほどに嫉妬はなかった。あのように美しい笑みを投げかけられる男性と、私とが、とても同等の立場とは思えなかったからである。

寿司屋でひとり酒を飲みながら、どうしようかと悩んだ夜もあった。だが私は自分が見てみぬフリをしつづけるのだろうとわかっていた。

己の情けない性格はよく知っている。

間もなく彼女のほうから離婚を切り出した。原因は私の仕事の忙しさだと言う。それはそうかもしれない。だが、それ以上に、彼女が私のことがもう好きではないことのほうが大きかっただろう。

いや、「もう」ではない。彼女は「かつて」も私を愛していたことなど一度もなかったのではないか。

震えるような妄想が動かしがたい現実として根を下ろす前に、私は判を押した。彼女の浮気について一切言及しないことだけが私を支える最後の理性だった。尾行行動を吐露しないことだけが人間としての誇りの最終的な砦だった。

バツイチという表現が嫌いだ。バツという物言いは結婚そのものを否定しているように感じられるからだ。

お前は、離婚するために結婚したのか。

バツイチという言葉は、離婚経験者にそのような根源的な問いを投げかける。ある者は自虐的にこの言葉を自分の冠にしてみせるが、その自虐の裂け目の深さは経験者以外には理解できないだろう。

幸福の先に何が待ち構えているか誰も知らないが、失敗するために結婚する男女など、詐欺師以外には基本的に存在しない。この前提は、私が離婚をめぐる弁護の仕事を引き受ける上でも大きな指針としていることだ。

仕事のために人生を捧げたいとは思わないが、結果的に、離婚を経験したことは、私の仕事に役立っている。

自ら積極的に告白しようとは思わないが、大抵は成り行きから自分の離婚の話をすることになる。そうすると、依頼主は途端に安心して、私を信頼してくれる。

依頼主のこうした心理は、私の本意ではない。なぜなら彼や彼女たちの底辺にあるのは、離婚未経験者が離婚経験者に相談しているという立場の優位性に他ならないからである。そこには私の弁護士としての技量や説得力が介在してはいない。

だが、結果的には、「情の共有」という錯覚が、物事をスムーズに進行させる。

考えてみれば、恋愛というものもそうかもしれない。

それは、別れを目前とした多くのカップルたちを見ても思うことだし、私自身の幼少期から結婚にいたるまでのささやかな色恋たちを鑑《かんが》みても感じることだが、要するにいかにハッピーに「事実誤認」できるかが、恋愛という特殊な現象を支えているのだ。

ざっくばらんに言ってしまえば、お互いいかに「勘違い」しつづけられるか。それが男女の相性と呼ばれるものの本質であろう。


さて。ここにいる五人の男性は、いずれも恋愛が根源的に孕《はら》むそのような危機とは無縁に生きてきたと推測できる。

四十五歳の独身者であるマスターも含めて、全員、どこか「恋に恋している」様子がうかがえる。

大学生らしき者もいるが、十代の若年層は皆無だ。二十代以上の男性が五人もいて、生臭い空気が一切漂わないのは、奇跡というより、ある問題が顕在化しているとは言えまいか。

弁護士としてではなく、探偵の才能に恵まれた者のひとりとして、いささか義務的に愚考するならば、四十五歳のマスターも含めて、ことによると全員童貞かもしれない。

中には風俗店などで、性行為らしきものを体験した者もいるかもしれないが、恋愛交際を経た上での合意の性交渉は未経験、つまり、これもバツイチ同様、私が大嫌いな差別的表現だが、いわゆる素人童貞なのではなかろうか。

いや、ひょっとすると、風俗店すら全員未経験かもしれない。猫田という男性は、よしみという女性と交際中らしいが、性交渉を伴う関係であるかどうかは、はなはだ疑わしい。

私は童貞ではないが、童貞には処女以上の価値があると認識している。

なぜ、処女が童貞に劣るかという詳細な論拠に関してはまたの機会に譲るが、簡単に言ってしまえば、処女は「守る」ものであり「捨てる」ものであるという概念が存在しているが、こと童貞に関しては、それは「守る」ものでもなければ「捨てる」ものですらないからである。

つまり、一般的に、処女には価値があるものと思われているし、様々な事情で処女である女性たちも、そうした社会的価値を、好むと好まないとにかかわらず、結果的に「隠れ蓑」にしてしまっている。

ところが、童貞はそもそも擁護されるべき背景がない。処女であれば「守っているのね」あるいは、「安易に捨てないで大切にしているのね」という見方が可能になるのだが、童貞自身はどうかは知らないが、少なくとも社会通念として童貞を誰も「守っている」だの「捨てないでいる」などと考えてはくれない。

ほとんどの人が「ああ、その機会がないのね」という侮蔑を根底に据えた虚飾のいたわりによる感想をつぶやき、場合によっては高みに立った人間がはしたなく浮かべる同情を伴った笑顔さえ添えることにもなるだろう。

つまり、処女には社会的価値があるが、童貞にはない。もし、あるとすれば個人的価値だけなのである。

処女にも個人的価値はあるが、それは前述したように社会的通念を背後に従わせていることを自明としているものなのだ。どちらが純粋か。言うまでもなく、社会的価値を有さぬ童貞であろう。

逆の言い方をすれば、童貞には価値がないから、価値があるのだ。当の童貞自身すら個人的価値を認めていない場合がほとんどだからこそ、そこに価値がある。

童貞は思想や信念ではなく、あくまでも状態、あるいは結果にすぎない。処女の価値は宗教も含む社会学的な観点から論じる必要があるが、童貞はあくまでも唯物論として称えることが可能なのだ。


私としたことが話が長くなってしまった。

とにかく、私が推定童貞五人組の事情聴取を行うことを決意したのは、彼らが純粋だと直感したからである。それは私が考える童貞のかたちに相応《ふさわ》しい。

妻、いや元妻に去られてから、私は女性に期待しなくなった。決して同性愛者ではないが、私は男に期待しているのである。論理矛盾もはなはだしいが、童貞こそが「男の中の男」だと考えなくもないのだ。

したがって、私は推定童貞たちを「弁護」するために、事情聴取を行うのである。

もちろん、そこで探偵の血が疼いていることも吐露しなければいけないだろう。

彼らをここまで純粋にさせているエリコとは何者か。いったい、彼女のいかなる魅力が童貞たちを童貞たらしめているのか。ひとりの男性として、この女性に興味を持ってしまったことを正直に告白しておく。
では、これから事情聴取を開始する。なるべく簡潔に記述しよう。

質問は次の通りである。

あなたがどれだけエリコさんに愛されていたかを教えてください。

彼らはそれぞれの方法で答えた。

まず、杉本。マスターから「すぎもっちゃん」と呼ばれる男性の供述はこのようなものだった。
長髪をオールバックにしてひとつに結び、まるで七五三なみの不似合いさでタキシードを颯爽と着こなしていると自分では思い込んでいるこの男は、その風貌、その顔つきの暑苦しさが明らかにしているように、自意識が極端に発達してしまっている。分厚い唇がてかてかぬらぬらと光っている様は、最も顕著な例である。

彼の発言は、そうした自意識から発せられることがほとんどのため、ほぼ間違いなく空転している。本人は一匹狼を気どっており、疎外感をまったくといっていいほど味わっていないが、それは他の四人が彼を容認しているからに他ならない。

杉本に対する他の四人の見解は、確かめたわけではないが、いずれも「困ったヤツ」というものであろう。

誰かを「困ったヤツ」と認識するのは、それがコミュニケーションにおける最大の防御策であると同時に、寛大な肯定力に己を導くための最短距離でもあるからだ。この認識は、場合によっては思考放棄につながりかねないが、他者を一定のパターンに当てはめて容認することは、社会を形成する上で欠かせないファクターである。「悪いヒトじゃないんだけど」という女性特有の言い回しはまさにその一例である。

とにもかくにも、杉本の杉本ならではの自意識の発露はとりあえず、この小さな社会の中では容認されている。それは幸福な現象ではある。

杉本独特の言葉遣いに留意した上で、彼の証言をまとめるとこうなる。

林（ここには不在のバイト仲間であるらしい）をみんなで砂浜に埋めて遊んだ日の夜の出来事だった。遊びつかれたみんなは先に帰った。海の見えるテラス風の小屋で眠ってしまっていたエリコに杉本は声をかけた。

「そろそろオレも帰るけど、どうする？」

だが、返事はなかった。若い娘をひとりきりにするわけにもいかず、杉本はついていてあげようとした。夜風が、彼女の髪の匂いを運んでくる。そういえば海の家の裏のシャワーを浴びたばかりだった。エッセンシャルの香りに、杉本は恍惚《こうこつ》となった。

やがて、エリコは目覚め、髪をかきあげながら、気だるい声を出した。

「あ、あたし、寝ちゃってたんだ」

「ああ。まるで砂浜に打ち上げられた人魚みたいにね」

「何、それ。褒めてるの？」

「王子様のキスとまではいかないけど、これで目を覚ましなよ」

杉本は黒い炭酸飲料を渡した。

「ありがとう」

「いつも賑やかだから、ふたりきりになると何かヘンな感じだね」

次第に目がトロンとしてきたエリコは、ムーディな一言を口にした。

「ほんと……こんなに波の音が聞こえるなんて……」

そんなエリコを振り切るように、杉本は言った。

「さあ、目が覚めたら帰るぞ」

「イヤですよぉ」

いやいやと、子供のようにエリコは首を振った。

「イヤって言われてもなあ」

「イヤですぅ」

まるでしなだれかかるようなエリコの瞳に月の光が射し込み、キラキラと潤んでいた。

エリコは何度か恥ずかしげに杉本を見た。それは「抱きしめて」というサインだと感じたが、バイト仲間同士で一線を越えてしまっては、その後の仕事に支障をきたす。そのような理性で踏みとどまったものの、杉本はそのことをいま、後悔しているらしい。

やがて空が明けていく。

「あ、イルカがはねたよ」

海を指さしながら、エリコは砂浜に駆け出した。朝日を浴びて輝く彼女と、波と砂のキラキラが忘れられない。ふたりは早朝の海岸を、無邪気に走り回った。


以上である。

誰もが異性と過ごした時間を美化する。美化とは美しく物語ることではない。自分の都合のいいように、記憶を書き換えてしまうことである。「甘い想い出」はすべてそのようにかたちづくられている。


そして、私の推理は以下の通りである。


季節は夏。ということは風は南方から吹く。海に向かって右側にエリコがいて、左側に杉本がいたのだろう。

しかし、エッセンシャルの香りを嗅いだということであれば杉本はかなりの至近距離にいたことになる。眠っている女性に許可なくそこまで接近するのは、法的には夜這いと見なされてもおかしくはない。

私が判断するに、エリコが目を覚ましたとき、杉本は彼女が不審に思うほど、間近にいた。エッセンシャルの香りを嗅ぐということは、ある意味、己の吐息を相手に吹きかけるほど傍に近づいていたとも言えるだろう。

驚いたエリコはすぐには状況が把握できなかった。誰もが経験したことがあるはずだ。ホテルや知人宅に泊まって、目覚めたとき、そこがどこだかわからなくなる現象である。

そんなエリコに杉本が差し出した飲み物が問題となる。

黒い炭酸飲料。

杉本はコーラを思わせる供述をしたが、実は黒ビールだったのではないか。グラスに注げば、コーラか黒ビールかの判別はかなりつきにくい。

寝ぼけたエリコに、コーラと偽り、黒ビールを飲ませたのだとすれば……これは立派な犯罪である。

帰るように勧めたという発言も、「僕の家に来ない？」と誘ったということではないか。

私がここまで詰問すると、杉本は「だとしたら、なんだ！」と開き直った。

「だってさ、あまりにもイヤよイヤよ言うからさ、そんなのさ、オレだってうれしくなるじゃん」

マスターがたまらず罵倒する。

「なんでイヤだって言われて、うれしくなるんだよ！　バカか、お前！」

「え？　マスター、知らないんですか？　イヤよイヤよも好きのうち、という恋愛の格言を」

よし。杉本は童貞だ。間違いない。

女性が拒否表示をしたとき、それは十中八九、単なる拒否である。

杉本は、私の尋問に対して、さらに彼女が自分を誘う仕草をしていたと言い募った。

「江里子はね、だってね、足をね、何回か、組みかえてたよ！」

「何度ほど？」

「……二回は！」

「普通は二回ぐらいは組みかえます。でないと足がしびれるだけだ」

「あとね……あれだ！　髪をかきあげてた！　女が髪をかきあげたら、抱いて、のサインだろう！」

杉本の言説は一貫している。相手の言動を自分の都合よく解釈してしまうのは、恋する童貞に特有の現象である。

女性が髪をかきあげるのはサインではない。それは人間としての単なる生理的な行動であり、そこに意味づけするのは愚かなことでしかない。風が吹いて髪が乱れたら髪をかきあげる。これは風に対するリアクションではあるが、目の前にいる男性に対するリクションではない。

いったい、いまどき、どのようなマニュアル本を読めば、そのような女性に対する古色蒼然とした妄想伝説を維持することができるのか、興味がないわけではない。

杉本はいかなる経路からそのテの本を入手したのか、想像するのは楽しい。

私の予想では、古本屋の店頭のダンボール箱に無雑作に放り込まれている一冊百円、いや、一冊十円の新書などだと思う。おそらく一九七〇年代末期あたりに発刊されたハウツーものの新書ではなかろうか。性愛をめぐる新書がベストセラーになった特異な時代の産物である。

なぜ、自分が生まれる前の時代に発刊されたような本を信用するのか。なぜ、一冊十円の本に書かれている情報を鵜呑みにするのか。杉本に尋ねてみたい衝動に駆られるが、ぐっと我慢して、私は私の推理を彼に突きつける。

「時折、あなたを見ていたのは、恥ずかしいからじゃない。あなたが怖かったからだ」

私には見える。いや、私はもう見た。

杉本が下心アリアリの表情でエリコを見つめている様を。彼女が「もう飲みたくない」と拒否しているのに、しきりに黒ビールを勧めている姿を。

女性なら誰だって、本能的に警戒する。

「スケベ顔丸出しで迫ってくるあなたが怖かったからだ」

「言うな！　それ以上言うな！」

図星だったようだ。

苦悶のあまり、杉本の表情は暗く歪んでいる。捩《ねじ》れた嗚咽《おえつ》が断続的に漏れる。その姿が気色悪い上に、彼をそこまで追いつめてしまったことを、私は軽く後悔していた。

杉本君、悪く思うな。君は純粋だ。

残念ながら、大洗にイルカはいない。それは君から逃げるための、彼女の逃げ口上だ。

「まるでストーカーだな」

仁科と呼ばれる男が、吐き捨てるようにつぶやく。彼には悪意はない。ここにいる五人の中で最も他者への憎悪が薄い人間である。だが同時にそれは彼が何も考えていないことを意味する。彼は悪意が不在のまま、誰かを傷つけてしまうことが少なからずあるだろう。気をつけたほうがいい。傷つけた側の人間は、誰かを傷つけたことを忘れてしまうか、さもなくばまったく感知できていないが、傷つけられた側の人間は、一生そのことを忘れはしない。人間と人間の関係は、そのように成り立っている。

仁科君、ストーカーという言葉はいけない。この呼称は、人間の純粋性を否定する。ストーカーという概念が一般化したことによって、人間の社会と世界はまた一歩大きく後退した。人類はいま、確実に退化している。

「ストーカーじゃない！　僕は断じてストーカーじゃない！」

泣きじゃくるとき、男性は「俺」から「僕」に一人称を変更する。無意識だ。男の内部には常に「俺」と「僕」が共存している。これはあくまでも私見だが、「俺」と「僕」を使いわけることができる男は、仕事もできるし、大抵モテる。「俺」と「僕」が交じり合っていて不可分である男が無能というわけではないが、童貞である確率は高いと私はにらんでいる。繰り返しになるが、私は「俺」と「僕」を使いわけられない男のほうがはるかに純粋だと思う。

杉本君、君はストーカーではない。だが、あまりに純粋でいすぎると、ストーカーになってしまう。純粋でいることは、本当に難しいことなんだ。

今度は松山と呼ばれる男を尋問するつもりだったが、一度姿を消したはずの猫田と呼ばれる男が、まるで幽霊のように舞い戻ってきた。

「浮気のスリルを味わいたい！」

誰に言うでもなく、叫んでいる。やはり彼らは五人でいる運命なのか。

「確かにオレはよしみのカレシだ。しかし、せっかくのチャンスなので、エリコと浮気します！　女と付き合うことすら奇跡に近いこのオレにとって、浮気をするなんてこの先の人生、千パーセントありえない！」

猫田……この男も普通じゃない。普通じゃないということは、それだけ純粋だということだ。千パーセントなどと口にすること自体、正常な羞恥心を持っている人間ならありえない。つまり、この男は他人からどう思われようと平気なのだ。一種のモンスターとさえ呼びうるだろう。

もっとも、よしみと呼ばれる女性との一件が他の四人に知られたことが尾を引いており、いささか自虐的に開き直っているという可能性がなきにしもあらずだが、この男ほど論理矛盾のはなはだしい人間もいないだろう。存在自体が破綻しかけている。そこが私には興味深い。

猫田の突拍子もない発言を受けて、仁科がそれを否定する。

「いや、ダメですよ！　そんなの汚れてますよ！　いや、オレたちはピュアなんですから、そんなの認めるわけには……」

自分が属する側はピュアで、相手は汚れている。そんなふうに考えはじめた時点から、人間は堕落していく。何かを肯定するために、何かを否定する。戦争の発端はすべてそこだ。仁科君、君は己の純粋さを手ばなそうとしているのかい？

いても立ってもいられなくなり、私は口をはさんだ。

「いやいやいやいや。さっきも言った通り、猫田さんが好かれているなら、それでいいのです。ピュアか、浮気か、そんなことは関係ない。女性は、我々が考えている以上に感覚的であり現実的な生きものです。汚れているか否かという価値基準は、私が知る限り、女性は持っていない。ちなみに猫田さん、あなたが彼女に好かれていると自覚できる出来事はありましたか？」

「好かれてる？　ちょっと待ってください！　思い出しますから……」

「え？　いや、そんなに必死に思い出さなきゃいけない時点でもう難しいだろう……」

同感です、マスター。

気を取り直して、松山の供述を訊く。

今度こそ、簡潔に要点だけをまとめて記そう。

僕はエリコちゃんとふたりバイトを休んでデートしたことがある。

それはみんなで花火で遊んでいるときだった。彼女は他のバイト仲間が興じている隙をぬって、僕にいきなり耳打ちした。「ねえ、今度、デートしよっ」。耳を疑ったが「ふたりで。行こう」と彼女はコケティッシュにささやいた。そう。エリコちゃんのほうから僕を誘ってきたのだ。

同じ日に休みをとった僕らは、僕の車で鴨川シーワールドに向かった。助手席で彼女は言った。

「海……綺麗だね」

「……君が綺麗すぎて、海がかすんでる」

「松山君もそんなこと言うんだ」

「いけない？」

「ううん、うれしい」

そんなムーディなやりとりを慎重に進めながら、僕の気持ちは天に向かって昇っていった。

ちょっぴり年上な雰囲気で僕に接してくる彼女。キラキラと輝く波間に、彼女の小悪魔っぽい微笑みが映え、僕は甘い眩暈《めまい》を噛みしめていた。

シーワールドをじっくり楽しんだあと、あらかじめ「食べログ」で入念にチェックしておいたレストランに入って食事をした。

彼女はそこで自ら「そのマンゴージュース、美味しい？　私にも飲ませて」と、僕が使用したストローからマンゴージュースを吸引し、彼女が飲んでいたバナナジュースも「私のも飲む？」と差し出した。

夕刻、激しい雨が降り、傘の用意をしていなかった僕らは、ずぶ濡れになりながら、駐車場の僕の車に乗り込んだ。夕立が、エリコちゃんのTシャツを濡らした。熱帯魚のプリントが、まるで彼女の胸元を泳いでいるようだった。視線をずらすと、助手席のガラスは向こう側の風景が歪み流れ落ちるほどに濡れており、そこから入り込んだ外光が、エリコちゃんの瞳の奥を照らし出していた。

どきっとするような色っぽいまなざし。僕は戸惑いながらも、それを隠すように、大きな声を発した。

「派手に濡れちゃったね。大丈夫？」

「松山クンが、砂のお城作りたいなんて言うからだぞっ」

ボーイッシュな物言いの語尾に、思わず下半身がきゅんとなった。うまく反応できずに、僕は無言でいた。

「なんか……寒いね」

彼女のこの一言。この一言が現在の僕を支えていると言っても過言ではない。あれは、私を温めて、というサインだったのではないか。あのとき、僕にはその勇気がなかった。僕はいまでも寝る前に後悔してしまう。僕の体温で彼女を温めてあげられなかったことを。

彼女の家まで送っていった。帰り際、エリコちゃんは言った。

「また、連れてってね。今度は、江ノ島、行こ！」

サイン。恋愛に身を投じたとき、大きく魅惑的な問題として浮上してくるのが、このサインという代物である。私もまたこのサインをめぐって数々の失敗を繰り返してきたように思う。男女間のサインの問題点は、それがピッチャーとキャッチャーが取り交わすような単純な共有概念で結ばれていないことにある。あえて断言するが、そこにはルールがない。

もし、あるとすれば、サインを発する側だけにあり、そのルールは受け取る側に永遠に説明されることはない。これは私見だが、ほとんどの場合、サインを発する側もルールなど設けてはいないのではないか。ほんのその場の思いつき。それが大部分を占めていると考えられる。

そもそも、そのサインが明確に相手に伝える意思を持っているかどうかすら疑わしい。サインは伝達手段でもコミュニケーションツールでもないからだ。言ってしまえば、サインには目的がない。もちろん、気づいてほしいという欲望はあるだろう。だが、認知されることを必ずしも最終帰結点とは考えていないフシがある。つまり、相手に届けるという責任をあらかじめ放棄しているように思えるのだ。

伝わればいいな。でも伝わらなくても一向に構わない。

自分が傷つかないために、あらかじめ、そう腹をくくっている風情がサインにはある。

妄想を、あくまでも、独り言として転がしておく。なるべく相手が理解しにくいかたちで。ヒントは与えない。なぜなら、わたしを本気で理解したいと思っているなら、きっとこの小さな謎を解いてくれるはずだから。

ロマンチックだ。だが、これは困る。

なぜなら、「あなたはわたしではない」からだ。

女と男は違う、という以前に、あなたとわたしは違う人間なのだという意識が、その願望からは欠落している。だからこそ、解けなくてもまったく構わないという前提が、サインを発する側にはあるのだが、こうした機微こそが混乱を招く。

まったくもって、ややこしい。ある種の男たちが恋愛から遠ざかってしまうのは、こうした面倒が苦手だからでもある。

さて、おわかりいただけただろうか。サインが存在する場所は、ルールなき無法地帯なのである。

もちろん、この私も、妻、いや元妻からのサインを延々キャッチしそこねてきただけのことかもしれない。だから、決して偉そうなことを言えた立場ではないのだが、松山君、きっとそれはサインではないよ。

結局、相手に届かなかったサインも不幸だが、サインではないものをサインとして錯覚してしまうことは、それ以上に不幸だ。もっとも、すべての恋は錯覚からはじまるのだが。

松山の「物語」を聞き、四人の男たちは絶句していた。

どうやら「江ノ島」という地名が、彼らにとっては決定的だった様子だ。私も、大好きな写真家、北野謙が撮った「江ノ島の一日　片瀬海岸」というタイトルの作品を想起した。

色とりどりのビーチパラソル。未来でもあり過去でもある鮮やかな情景。深層心理に食い込み、棲まわれてしまうような特殊な定着力のある色彩。江ノ島という場所にはすべてがある。そう信じさせる写真だった。

「江ノ島に一緒に……」

マスターは放心している。

「俺たちの聖地じゃねえか……。そこに松山と……」

仁科がダウナーになっている。

「江ノ島デートかよ……」

杉本までがあからさまに落胆している。

さきほど再合流したばかりの猫田もまた、語るべき言葉をもたないようだった。

彼らが不憫に思えた私は、話題を変えることにした。

「家まで送っていったんですよね。彼女の家を知っているのは一歩リードですね」

すかさず杉本が、大きな声で笑いながら、割って入った。

「それだったらオレも知ってる！　調べるのなんてカンタンさ。愛があれば。何度か、門のところに、彼女の好きなお菓子とジュースを差し入れました！」

「お前、やっぱりストーカーだよ！」

マスターがすかさずツッコミを入れる。こういう場合こそ「ストーカー」呼ばわりしないと、場が変質してしまう。マスター、やはり、あなたは気配りのひとだ。だてに海の家を経営してはいないね。

「まあ、ちょっと冷静になって、分析してみましょう」

私はこの状況をやんわりとたしなめた。

「どうしてエリコちゃんは、何の前触れもなく、松山さんにデートを申し込んできたんでしょうか」

　自分でも気づかないうちに、私は彼女を「エリコちゃん」と呼んでいた。

「ずっと好きだったってこと？」

　マスターが素直な反応を口にする。

「もし、だとしても、いきなりデートを申し込むでしょうか。彼女は奔放なキャラでしたか？」

「いや、むしろ奥ゆかしいタイプだよ」

　私の問いに、仁科が神妙な面持ちで答えた。

「私には、エリコちゃんは松山さんのことを友達として認識した上で、うまく利用したというふうにしか聞こえなかったんですが」

「バカ言うなよ！　何のために利用したっていうんだよ」

　松山が反論する。だが、私には確信があった。

「鴨川に誘ってきたのは彼女のほうですよね？」

「そうですけど」

「彼女が他に行きたいと言ったところはありませんでしたか？」

「品川……」

どうやら松山も、あることに思い当たったようだ。他の三名に伝えるために、私は口を開いた。

「クイズです。鴨川、品川、江ノ島。三つの場所に共通するものは？　わかりますね。そう、水族館です。つまり、彼女が好きなのは、あなたではなく、魚です」

我ながら、まさに探偵のように落ち着いた台詞回しだった。満足である。この際、探偵への転職も、人生設計の一プランとして加えておいてもよいかもしれない。

ニヤリと笑みを浮かべて、杉本が嫌味を言う。

「順当にいけば、次は沖縄だったな」

「ちゅら海ってこと？　しかし、だとしたら、なぜ僕が……」

「だってサメに詳しいじゃん」

マスターがあっさり結論づけた。

やはり、そうだ。そうとしか考えられない。

「シーワールドにいる間、バカみたいに質問されましたね」

松山が告白するより前に、私にはその様子が手に取るように見えていた。

「ねえねえ、サメってさ、弱った生き物だけを感知することができるってホント？」

彼女にそう訊かれた松山は、サメだけが持っているロレンチーニ瓶という器官について、約三時間話したのだという。

「イヤ、そうじゃないんだ。それは俗説だね。弱った生き物だけでなく、生き物すべてが発する何かを感知できるらしい……。鼻の先あたりに小さな穴が点々とあいていて、そこにゼリー状の器官が詰まっている……。そもそもサメは獲物に噛み付くとき、瞼を閉じるか目ん玉を回転させて目を守るから……。最近の学説だと、温度まで知ることができるみたいだよ……」

水族館デートをうっとり反芻しているのだろう。松山は彼女に語ったときと同じように、朗々とロレンチーニ瓶についての解説をつづけていた。水を差すようで哀れだが、時間も時間だ。そろそろ「松山の部」は閉幕としよう。

「あなたは、扱いとしてはサカナくんと同じです」

「サカナくん？　ちょ、ちょっと、待ってよ！　あの、車の中で、僕に『温めて』という顔をしてたんだよ！」

探偵とは無慈悲な稼業である。真実をありのままに伝えなくてはいけない。当事者が真実を「知っている」とは限らない。不定形なことの次第に、真実にふさわしいかたちを与える。それも探偵の大切な仕事だ。

「私が見たところ……あなた、かなりの暑がりでしょう？　真冬なのに半袖でいることが何よりの証拠だ」

彼がジャケットを脱ぐところを、私は見逃さなかった。そもそも暖房のない海の家は、普通の人間なら半袖ではいられないはずだ。

「そんなあなたが、真夏の自分の車をどうするか？　当然のように冷房はフルスロットル。雨に濡れたのもお構いなしに、キンキンにしていたんでしょう」

頭を抱え崩れ落ちる松山を見下ろしながら、私は冷酷に付け加えた。

「そりゃあ女の子は寒いって言いますよ」

うむ。少年の淡い夢物語に現実を突きつけるのは、やはり良心がちくちくと痛む。

だが、この辛さに慣れることができれば、私は探偵になれるだろう。想像していた通り、探偵と弁護士は、よく似ている。

「あれ？　じゃあ、オレで決まりじゃないですか？」

仁科が自ら率先して語り出す。とぼけた口調ながら、どこか自信ありげな声色である。

彼の証言もまとめておこう。

僕はエリコちゃんと一緒に温泉に行った。旅館に泊まったんだ。箱根だった。湯上りの彼女は浴衣に着替えて僕と温泉町を散歩した。うさぎの耳がついたカチューシャをした彼女が可愛かった。浴衣にうさぎという、ありえない組み合わせをモノにしてしまう彼女のセンスに惚れ直した。浴衣の裾から見える彼女の足元。襟元から見える白いうなじ。カランコロンと鳴る下駄の音。すべてはいまも僕と共にある。

大涌谷《おおわくだに》にも足をのばした。ふたりで卵をひとつずつ買ってそれを網の袋に入れて温泉卵を作った。ふたりで肩を寄せ合って温泉卵を食べた。あふれ出る黄身の赤みが彼女のほっぺの色にそっくりだった。

さらに仁科は嬉々として、ケータイのデータファイルに保存しているツーショット写真まで見せるのだった。

仁科君、これはいけない。これは偽証だ。杉本君や松山君は誤読だったが、これは明らかにでっち上げである。

私は少しだけセンチメンタルな気分になって、声量を絞り目に、話しはじめた。

「……男というものは、恋愛をめぐる想い出を美化してしてしまう……『女は感覚的だが現実的。男は論理的だが夢見がち』。あるひとの言葉ですが、まさにみなさんに当てはまりますね。あなた方の論理はすべて夢に向かっている。いや、あなた方の論理性はすべて、夢を成立するために存在している。しかし女性は、彼女は、現実的です。利用できる人間はためらうことなく利用する。そして、相手によって、自身を変幻させる。無意識のうちに。あなた方が語るエリコちゃんから受ける印象がそれぞれ違うのは、あなた方の妄想も相当量加味されているとはいえ、やはり彼女が相手によって自分を変えているからでしょう。そう、彼女は感覚的なのです……だから、わかります。あなた方も別に意図的に、想い出をねじ曲げていたわけではないでしょう」

「ただ、僕だけは確固たる証拠が存在する」

杉本や松山とは違う、と言わんばかりに、仁科が強い声で主張する。

悲しいことだが私は、彼の訴えを取り下げさせなければいけない。

「その確固たる証拠がアダとなってしまいましたね」

マスターがケータイ画面をじっと見つめながら、おそるおそる尋ねる。

「ねえ、何が問題なの？」

「一緒に出かけるのと、あちらで偶然会ったのとでは随分意味合いが違いますよね。同じふたりでも」

「……なんでバレましたかね……」

仁科は素直に嘘を認めた。だが、私は追及の手をゆるめない。

「やはり。この写真、親戚の子供が撮ったんじゃないですか？」

瞳が動揺している。

「どうもアングルが低いと思ったんですよ。ふたりで旅行して、わざわざ子供にシャッターを頼むひとはいませんからね」

画像には、確かに、彼女と仁科が写っていた。私が初めて見た彼女の肖像。彼女の笑顔はかたかった。そこでピンときたのである。

「あなたは、彼女が旅の途中で箱根に立ち寄るという情報を聞き出し、親戚と一緒に偶然来たと装って、彼女に会った……」


仁科君、きみの努力は涙ぐましい。

もし、きみがひとりで箱根にいたら、彼女が何事かを疑い悟るおそれがあると考えたのだろう。それこそ、ストーカーだと思われたら大変だ。

普通の人間だって、大好きな彼女と旅行先でたまたま鉢合わせして、一緒に記念写真など撮れたらどんなに素敵だろうと妄想はする。そして、もしその彼女の旅行先を突き止めることができたのなら、思い切って行ってみようかとも考えるだろう。しかし大抵は、だが、いったいどんな顔をして彼女に話しかければいいのか、思い悩む。そうして、かえって怪しい人間だと思われる可能性を察知して、このプランを放棄する。それが普通の人間だ。

だが、きみは普通じゃなかった。きみは、純粋すぎたのだ。

きみは妄想を実現させようとした。「たまたま」を作り上げようとした。そのために、わざわざ親戚の子供まで連れて箱根に旅行したのだ。きみの実行力、実践力は敬服に値する。このツーショット写真は合成ではない。仕組まれたものだが、偽造ではない。明らかに、箱根で、きみは彼女と同一画面におさまった。その事実に揺るぎはない。


杉本が浮かれている。競争相手が自滅した様がうれしくて仕方がないのだ。そこに悪意は感じられない。彼はただ単に、無邪気なのである。おそろしいことに、彼はスキップまでしている。

「うわ！　こわ！　このひと！　変態やで！　ちょっとちょっと、おまわりさん、いる～？　ここにド変態おるで～」

沈痛の面持ちというありふれた表現があるが、いまの仁科はまさにそうだった。かつての、といってもほんの数分前のことだが、とても健やかな、あの青年らしい面影はもはや見当らなかった。

彼は本来、自分だけのものだったはずの、かけがえのないスーベニールを第三者にひけらかしたことによって、一瞬にして奈落の底に落ちたのである。

ここには多くの教訓が含まれているだろう。だが仁科君、決して反省などしないでくれ。間違っても悔い改めたりしてはいけない。きみがきみでなくなるからだ。

きみのしたことは確かに偽証だ。卑劣な行為だと非難する者もいるだろう。だが、言わせておけばよい。そいつらは、妄想を現実化することを諦めた、勇気のない輩だ。

要するに、そいつらは、つまらない「普通の人間」なのだ。そんなヤツらの遠吠えなんて、気にする必要はない。きみは、きみにしかできないことをした。そのことを誇りに思うべきだ。その結果、きみに何がもたらされたかは、この際関係ない。

きみはきみだ。「普通じゃない」ことは素晴らしいことなのだよ、仁科君。忘れないでくれたまえ。

私が物思いに耽《ふけ》っていると、マスターが手を挙げている。

「マスターはないな」

「でも、ちょいワルだぜ」

「胃がちょいワルじゃあなあ」

茫然自失とし、言葉を発することができずにいる仁科のかわりに、松山がツッコミを入れている。

「まあ、聞きなよ。あれは台風が来た日の夕方のことだった。オレは男らしく店の外に板を張って、こう釘を打っていた……」

はい、終了終了。私は大きく手を打った。

「ないですね。今年は台風が上陸しませんでした。残念でした。やはり、この中にはエリコさんと付き合うべき人はいないようだ」

私はいよいよ本題に入ろうとしていた。いつの間にか「エリコさん」と呼んでいる自分に気づいた。

ところが、野蛮な杉本が、それを遮った。

「っつうかさ、逆にどうなの？　江里子って。そういうことを問いたい、いま！　世界に」

アルコールぬきでこのテンション。安上がりな男である。

「いやさ、逆にさ、実はロクな女じゃなくね？」

若い男特有の「なくね？」語尾がカンにさわった。

古本屋で一冊十円のダンボールセールで購入した推定一九七〇年代後半発刊の恋愛ハウツー新書の情報を鵜呑みにしてしまうような前近代的な人間が、なぜそうした流行語を口にするのだ。

杉本君、きみの価値は時代遅れの存在であることなのだから、そんな口はきかないほうがいい。きみは、きみの価値を貶《おとし》めているよ。

「っていう説を唱えてみた、いま、俺」

倒置法なのか体言止めなのか、ほとんど何も考えてはいないのだろうが、文節でリズムをかたちづくり、意味ではなくグルーヴを優先させるこうした話法は、かつての不良たちが口にしていた言葉に較べれば、最底辺の知性を感じないでもない。

おそらくヒップホップ音楽が我が国に定着していく過程で起こった、構造的な「英語化」なのだろう。発声ではなく、単語の配置によって日本語に新たな側面が立ち表れている。

しかしながら、言葉を操るセンスに長けた青年が流れるように話すならまだしも、杉本のような男が上っ面だけを真似していても、それは端的にまったく美しくはない。「美しい日本語」など信じてはいない。だが、「美しいもの」が何かはひとそれぞれだとしても、「美しくないもの」は誰にとっても同じだろう。

美しくない杉本は、美しくない言葉を用いて、美しくない発言をつづけた。延々、彼女を罵倒しつづけたのである。さらに美しくないことに、彼の目的は誠に美しくないものでしかなかった。

「いやいやいや、やめたほうがいいって！　あんな女、マジで。やめたほうが、絶対、身のためだって」

完全に酩酊している。見るひとが見れば、ジャンキーがトリップしていると誤解するかもしれない。

「いや、非の打ち所のない可愛い女の子じゃん」

口をとがらせて、仁科が語らいに復帰した。

「ぷはっ。いまだにそんな幻想もっちゃってる？」

「なんだよ。その言い方」

松山も腹立ちまぎれに、睨みつける。

要するに、仁科も松山も素直なのだ、杉本の扱いに関して。だから彼の憎まれ口に対して、そんなふうに抵抗する。杉本はますますつけ上がる。つけ上がらせているのは彼らなのだ。

「じゃ、言っちゃおうかなあ。あの女の醜態」

杉本は、まるでマシンガンなみのけたたましさで、語りはじめた。


以下、省略。

といきたいところだが、乗りかかった船である。杉本の弁論大会も、一応記録しておこう。そこに意味はまるでないのだが。

いや、あいつさあ、駅前の牛丼、大好物なの知ってる？　あいつ、朝から超特盛り食ってんだよ、いや、喰ってんだよ、喰らってやがるんだよ！

一回、寝坊したことあったらしくてさ、それでも朝の超特盛りはかかせないらしくてさ、駅から超特盛り牛丼喰いながら、走ってんだよ。しかも、テイクアウトの容器じゃなくて、丼もってだぜ！

ありえねぇ！　ありえねぇよ！

テイクアウトのあの軽い容器でも、走りながら牛丼喰ってたら、ひくぜ。ドンびきだよな、普通。だいたいさあ、ハンバーガーやサンドイッチじゃねーんだから、走りながらは無理だっつーの！　なんで箸使いながら走れるかねえ？　そもそも、どーすんの？　店から丼もって出てきちゃって。店のひと、困っちゃうでしょ？ある意味、無銭飲食に近いわけよ、だって、丼込みの価格じゃないでしょ、峠の釜飯じゃねーんだから。

っつーかさ、寝坊したなら寝坊したで、諦めろっつーの！　朝メシぬきでも死にゃあしねぇよ！　って、だいたい走りながら喰ってうめぇのか？

そしたらさ、呼びかけんのよ、オレに。

「杉本くん！　おはよう！　牛丼、うまいっす」

うまいっす。だよ。うまいっす。いくらなんでも、許されねぇだろ。牛丼、うまいっす。って言われて、こっちはどう答えたらいーっつーの！

しかもさ、それだけじゃねぇんだよ。

牛丼、うまいっす。

つったこの口のまわりに、紅しょうががびっしりついてるわけ！　紅しょうが特盛りなのよ、紅しょうがも超特盛りなのよ！　すごいよ、超特盛りの紅しょうが！　もう、もっさもっさ、ついてんの！　口のまわりに！　きゃはははははははははは!!

もうね、あれね、赤ひげですよ、赤ひげ。黒澤明ですよ、三船敏郎ですよ、ついでに加山雄三だったりもするわけ！　だって、だって、だって、赤ひげなんだモン！

それによぉ！　あいつ、ひでぇんだぜ！　大洗の海岸で、ガンガン亀、いじめんだよ！

うらぁ、うらぁって！　子供と一緒にいじめてんじゃねぇよ！　もう、単独でガッツン、ガッツンいじめまくってるワケ！

そんだけじゃねーよ！　日本酒ラッパ飲みだよ！　日本酒っていったら、一升瓶だよ！　一升瓶をラッパよ！　ラッパ！　そんな女、見たことある？　ひくだろ？　フツー、ひくよな～。そんな女、いないっつーの！　ありえないっつーの！

それだけじゃないんだ、まだ、あるぜ。

杉本の独演会はまだまだつづきそうだった。だが、観客のほうがそろそろ限界だ。私は口火を切った。

「ラチがあきませんね。作り話にしてもリアリティがなさすぎる。それでみんなが手を引くとでも？」

「何か悪いすか？」

お、開き直ったね。

「でも、五人は多いよ～。誰かぬけてよ～」

すでに仁科は、かつての仁科に戻っている。仁科は何食わぬ顔で話題を転換させ、しかるべき方向に向かわせるのがうまい。

言い出しっぺはいつも彼だ。とぼけた風情があるので、阿漕《あこぎ》さはないし、唐突な印象もない。

それにしても立ち直りが早い。というより、自分の身に何が起こったかもう忘れているのだろう。おそらく鈍感なのだ。だが、鈍感であることは生きものとしての強みだ。鈍感だから仁科は健やかでいられるのだろう。性格こそが人間の才能であることを忘れてはいけない。

「五人というのはどうでしょうか?」

私は極力自分を落ち着かせながら言った。既に高鳴る自身の動悸を感じていたからだ。

「なんだよ。五人だろ。オレだって、まだまだ粘るぞ」

猫田がカードゲームでもしているかのように口を挟む。

「いや、そういうことではなくて」

どきどきしている。まさか、この私が。どうして。

「じゃ、何?」

松山が、松山らしい真剣な表情で訊く。

予感はあった。予感が確信に変わったのは、さっき仁科が親戚に撮らせた彼女のケータイ画像を見た瞬間だった。

「私も好きだな、エリコさん」


運命の女性がそこにいた。私は正気だ。むしろ頭の中はかつてないほどクリアにさえている。脳のフォーカスがきゅっと絞られているのを感じる。

間違いない。私は、ついに出逢ってしまったのだ。

沈黙が流れる。その沈黙は、私を祝福していると思った。

マスターが、その輝かしい静けさの草原をぬうように、ごく当たり前のカジュアルな面持ちで、私に訊き返す。

「ん？　ごめん、ごめん、ごめん、ごめん、ごめん」

「ごめん」は一回、もしくは二回でいい。五回も言う必要はない。

「なんて？」

もう一度、言わせるつもりか？　オーケイ、もう一度言ってみたかった。

「私も、エリコさんのことが好きだと言ってるんです」

エリコさん、とはっきり口にすることで、自分の中で決意が固まった。

「なんだと……」

震えているのは、杉本君だね。

私は正直に言った。自分が誠実でいられることに、もはや照れくささは感じなかった。不思議なほど、清々《すがすが》しかった。

「話を聞いているうちに好きになってしまったんです。かなり理想のタイプに近い」

「あんた、自分が何を言ってるか、わかってんのか！」

松山らしからぬ激しい問いかけだ。

わたしも、つい激情に駆られてしまった。

「もうダメなんだ！　もう我慢できない！　もう我慢したくない！　すべてを捧げたい！　恋の暴走列車は、誰にも止められないんだ！」

ああ、なんたる気持ちよさだ。恋の宣言ほど、気持ちいいものはない。

生きててよかった。生きるぞ。これからも、生きるぞ。

「弁護士がそんなことしていいのか？」

「弁護士が恋をしてはいけないという法律はない！」

仁科の幼稚なツッコミに、幼稚に応える私。恋は人間を、原点に還らせる。私は、いまの自分が好きだ。いまの自分が大好きだ。

「バカか！　だって、だって、だって、あんた！　あんた、あ、あ、あ、あ、会ったこともないじゃないか！」

杉本が、爆発寸前だ。おう、望むところだ。私だって、もうすぐ爆発しそうだ。マグマがそこまできているのを、はっきり感じとっている。

「会ったことがないから、脈があるんだ！

恋の鉱脈が私には見える！　恋の列島大噴火の真っ只中に、私はいまいる！　もうすぐ、恋の新幹線大爆破だ！

つまり私はいま、最強だ！　だいたい、お前ら、さほど好かれていないじゃないか！　聞けばきくほど、誰も好かれちゃいないことがはっきりしてきた。ふふふ。ふっふっふっ！

そんな有象無象の男たちの中に、切れ味抜群の弁護士がいたら、どうなるかな！　はたして、いかに！

お前らにはカンケーないが、答えはもう出ている！　私だ！　選ばれるのは私だ！　オトナの魅力をもった、ちょいワル男とは、そもそも私のことだ！　だいたい、私は離婚経験者だっ！　お前ら、知らんのか！　バツイチがもてる時代なんだよっ！　知らないだろう！　私だって知らないっ！　だがな……ふふふ。ふっふっふっ！

時代は動いているのだ、世界は刻一刻と変化しているのだよ！　エリコさんのような素敵な若い女の子は、間違いなくバツイチ弁護士が好きだ！　安定感があって、クールなバツイチ弁護士！　どうだ、頭の回転が探偵なみのバツイチ弁護士は！

どうもこうもあるか！　私がいい！　私がいちばんだ！　見なさい！　このコートを！　ふふふ。ふっふっふっ！

エルメスだ！　エルメスだぞ！　本物のエルメスのコートを着たバツイチ弁護士がここにいる。

ああ、もうダメだ！　爆発しそうだ。見ろ！　私を見ろ！　このひとを見よ！

走るぞ、私は走るぞ、私は走りたい！　この激情を叩きつけたいんだ！　思いっきり、走るぞ！　許せ、みんな、許せ！　ああ、もうダメだ！」

メインディッシュ（たくさん食べてね）

「はまぐりの釜飯」

〜松山の場合

弁護士が壊れた。

拡声器を使って叫んでいる時点で、彼の社会性の欠落ははっきりしていたし、普通の弁護士でないことは明らかだったが、まさかこんなことになるとは思わなかった。

マスターが目を丸くして「お前、正気か？」と訊いたが、弁護士は答えずに、外に駆け出した。ブランドものだというコートを脱ぎ捨てて。

砂浜から「エリコ～！　好きだ～！」という弁護士の叫び声が聞こえる。

猫田さんが「あの野郎！」と怒鳴り、やはり砂浜に向かった。ほどなくして「江里子ちゃん～！　浮気させてくれ～！」という情けない声が届いた。

ため息をつきながら「あのね、俺が知る限りね、あんな最低の台詞を海に叫んだヤツはいない」とマスターはこぼした。マスターも海を愛する者のひとりだということがわかって、僕はちょっぴりうれしくなった。

弁護士と猫田さんの奇妙な輪唱を聞きながら、杉本さんと仁科が地団駄を踏む。

「くっそー！」と吐き捨てると、ふたりもまた砂浜に向かって走った。わけがわからない。「江里子ちゃん！　愛してるぜー！」と仁科が叫び、「エリー！　一生つきまとうぞ!」と杉本さんが叫んだ。ますます、わけがわからない。

外国の映画に出てくる外国の俳優がよくやる「やれやれ」というジェスチャーをしながら、マスターは「叫ばれる海も迷惑だね」と、僕に向かって微笑んだ。

海の家「江の島」は、僕とマスターのふたりきりになった。

ずっと、この瞬間を待っていたような気がする。

僕のこころは清んでいる。冬の寒さが涼しくて快適だった。さらさらと感情が流れている。落ち着いている。

大丈夫。僕は、僕に言い聞かせると、軽く深呼吸した。「マスター」。なるべく丁寧に呼びかけた。「ん?」とマスターは優しい顔つきで応じてくれた。

「これさ……」

もったいつけて話すつもりはなかった。ただ、どことなく芝居がかった話し方に自分がなっていると思った。ゆっくり話せばいい。僕は、僕にもう一度、言い聞かせた。

「これさ……他のヤツらには絶対言わないでほしいんだけどさ……」

昔、兄貴が会社を辞めるとき、上司に言ったという決め台詞を、僕は思い出していた。

仮に、上司の名前を「福田」にしておこう。兄貴はこう言ったのだ。

「福田さん。福田さんならわかってくれると思うけど……」

もともと兄貴は年長者に可愛がられるタイプだった。年長者との関わりあいの距離感を本能的に熟知していたのだ。小学生の頃から、教師のこころをつかんでいる子供だった。

どの程度のカジュアルさなら許される言葉遣いなのか、それをはっきり理解していた兄貴はそのぎりぎりのラインを狙い、それゆえに親密さと信頼を同時に勝ち取るという技を、いとも涼しい顔でやってのけていた。

兄貴にとって、そんなことは当たり前のことだった。

僕が兄貴に「どうして会社を辞めたの？」と訊いたとき、兄貴はその理由ではなく方法を教えた。「どうして」を意図的に「ＨＯＷ」と受け取ったのだ。僕は「ＷＨＹ」と尋ねたつもりだったのに。

兄貴によれば、秘密を共有できれば、すべてがうまくいくのだそうだ。テクニックは秘密を共有するために費やすべきだと兄貴は力説した。それが兄貴にとってのコミュニケーション術だった。

この場合、ポイントは「福田さんなら」の「なら」の言い方なのだという。「なら」に親密さと信頼の気持ちをこめるのは当然だが、この「なら」が「わかってくれると思うけど」にすんなりつながるように言えなければ、「なら」という微妙な言い回しを使う必要はない、と兄貴は言い切った。

全体的には、短いわりに、かなりまだるっこしい言い方だ。だが、それこそが狙いなのだ、と兄貴は念を押した。まだるっこしい表現だからこそ、ゆっくり伝えることができる。ゆっくり伝えることで、相手に楔《くさび》を打ち込むことができるのだと、兄貴はレクチャーした。「なら」のあとの「くれる」のダメ押しで、ほぼ秘密の共有は出来上がる。あとは、あなたを信用しています、だから正直に話しているのですよ、という姿勢を忘れないことだ。

これは会社を辞めるときにかぎった話ではない、取引先相手の商談にもかなり使える方法だ。少なくとも、男同士の信頼を勝ち取る上で、これはかなり有効な手段だと、兄貴は珍しく僕にアドバイスしたのだった。

僕は兄貴のように器用に立ち回れるタイプではなかった。兄貴のような社交性もなかったし、年上の人間はむしろ苦手だし、そもそもビジネスの世界には一切興味はなかった。兄貴はそんな僕の志向性を理解していた。観察眼に長《た》け、ひとを見る目が根本的にある兄貴にとって、それは当たり前のことだったが、僕は兄貴が僕に無駄な世話を一切焼かなかったことに深く感謝している。

兄貴の態度は一貫していた。それは「お前はお前だ」というものであり、そうしたことをわざわざ口に出して言うような下品な人間でもなかった。優秀な兄貴をもつ弟としては、コンプレックスが皆無とはいかないまでも、随分と精神的に楽にさせてもらったし、思春期の不安定な時期にはかなり助けられたような気がする。

他人が聞いたら恥ずかしい言葉かもしれないが、僕はあの兄貴の弟であったことを誇りに思っているし、それは兄貴がいなくなってしまってからも、何も変わらない。兄貴がいなくなったから、兄貴の価値を認めたわけではない。兄貴がいなくなる前から、僕にとって兄貴は大切な存在だった。

基本的に兄貴は説教の類をすることも、されることも嫌っていたから、僕に対しても、人生の先輩として、具体的にアドバイスすることは、徹底的に抑制していた。

兄貴は潔癖だった。自分が潔癖であることを、相手に感じさせないように気を配ることを決してないがしろにしないほど、潔癖だった。

誰が見ても潔癖症に見える人間は、実は存在として不潔なのだと、僕は兄貴を見ていて思った。

兄貴は完璧だった。やはり、誰にも完璧主義であることを悟られないようにするほど、完璧だった。あのひとは完璧主義だと、他人から揶揄《やゆ》されるようではまだまだ不完全なのだ。本当の完璧主義者は、ひと知れず完璧に事を遂行する。兄貴がいなくなることも、やはり完璧に成し遂げられたのだと、僕は今日も思っている。

ある日、兄貴は失踪した。「アメリカに行く」とだけ書き置きを残して。

仕事を辞めたのは別な会社にヘッドハンティングされたからだと思っていた。だが、違っていた。以後、兄貴の足どりはまったくつかめなかった。生きているのか、死んでいるのか、それさえもハッキリはしない。兄貴は行方不明になるのも完璧だった。

以来、アメリカは僕にとって約束の地となった。

とにかく僕は、兄貴から授かった数少ないアドバイスを念頭に置きながら、マスターに対して親近感を抱き、こころからの信頼を寄せながら、ゆっくり話した。幸い、僕はバイト中からマスターにこころを開いてきたつもりだし、マスターもそんな僕を憎からず思っている。少なくとも僕のほうはそんなふうに考えている。

「実は俺……アメリカ、行くんです」

誠実であろうと心がけた。相手に対して誠実であろうとすると一人称は「俺」になる。特別、台詞を用意してはいなかった。つい、結論を先に口にしてしまった。話法としては、これもアリだ。僕は、僕に言い聞かせた。

マスターは「ん？　何？　どうした？」という表情で、ほんの少し、首を傾げて、僕の話に耳をすました。

「大学でサメの生態を専攻してるだろ。俺の研究がカリフォルニアの大学で認められて、研究生として招待されたんだ。一応、二年間っていう話なんだけど、うまくいったら、そのまま残ってマスターになるかもしれない」

「マスター……やっぱり、海の家？」

さすが、マスター。ナイスなボケだ。

「や、そのマスターじゃない。大学院に行くということなんだ」

「そうかあ。いやいや、よかったじゃないか。認められて」

ここまできて、僕はようやく本題に入る。

いよいよだ。


兄貴、うまくやれるかな?


なるべく素直に。なるべく正直に。気持ちのその部分さえ守れば大丈夫。僕は、僕に言い聞かせた。

「俺が江里子に会いたいのは、そのせいなんだ」

単刀直入に言った。目指したのは潔さだ。

「日本にさよならする前に、どうしても江里子に会って……」

ごくり。マスターがツバを飲む音を聞いた。

「最後にデートしたいんだ」

言えた！　最後まで、しっかり、こころのままで言えた！

「言えばいいじゃないか！　そういう事情があんだったらさー、みんな譲るに違いないよ。うん、きっとそうだよ」

マスターはいとも簡単に言うのだった。だが、僕の本心は別なところにあった。

「あ、いや、自分からそんなハンデを言い出すのはフェアじゃないよ。俺はひとりの男として勝負したいんだ」

「いや、言ったほうがいいよ。そういう事情があるんだったらさー、もう、みんな諦めて帰るよー」

優しいのか、単に感情がこもってないのか、よくわからない発声だった。僕は途端に心配になった。マスターは僕の話を本当に信じているのだろうか。興味があるような、ないような、心配しているような、放り投げているような、ある種異様なニュートラルさがあった。

「いやだ、言いたくないっ！」

「いや、言ったほうがいいって～」

「あ～言えないって！」

駄々をこねる僕。なだめるマスター。だけど、僕が求めていたのは……。

「うわー、オレ、こんな話聞いて黙ってられるかなぁ」

そうこなくちゃ、マスター。そこですよ、そこ。

僕の口から言うのは気まずい。だから、おしゃべりで、隠し事の苦手なマスターがついポロリと真実を口にする。我ながら身勝手だと思うけど、これは美しい展開だと思うのだ。

みんなの想いも、おさまりどころを見つけやすいのではないか。

――江里子ちゃんを諦めるわけではない。松山のために身を引くのだ。

男だったらこの流れ、納得できるし、好きなはずだ。自分の選択が、ささやかに功を奏す。なんとも粋でたまらない物語ではないか。そうだ、そうだ、もう、これしかない。これしかないはずなんだ。

これはもちろん僕のための物語なのだが、同時にみんなの物語にもなりうる。なんという、素晴らしい、愛と友情の共棲だろう！　人生は素敵だ！

そもそも、僕のような男が江里子ちゃんと付き合うということで、今回のこのカオス、問題なく幕を下ろせるのではないか。

なにしろ僕は、仁科のように鈍感な男でもない。

なにしろ僕は、猫田さんのように二股をかけている男ではない。
なにしろ僕は、杉本さんのように危険なほどマイペースな男ではない。
なにしろ僕は、マスターのようにトシくってるわけではない。あ、マスター、ごめん。
なにしろ僕は、弁護士のようにクールなくせに壊れちゃったりする男ではない。
幸せな混乱が僕を包み込む。何なのだろう。不思議なほど充足していた。
ふと、我に返った僕は、マスターをなだめた。
「頼む、頼むよ、マスター」
この言葉には、間違いなく本心が埋め込まれている。
頼む、頼むよ、マスター。絶対、このことは内緒だよ。

ではなく。

頼む、頼むよ、マスター。絶対、やってね、ポロリ。いつものように、キメてね。

ということなのだ。

こころの中のつぶやきとはいえ「ポロリ」という音は、なんとも気恥ずかしい。けれども、情けなくも、ついときめいてしまう響きだ。

「頼む、頼むよ、マスター」

僕が言うと、マスターは何かを察したように答えた。

「かっこいいね、松山くん」

わかってくれたんだ。うれしくなった僕は、感慨深げに想いを述べた。

「もし、ふたりの気持ちが一緒なら……アメリカに一緒に行けないかなって……」

「いい話だ。サメ好きだし、彼女」

「ただ、俺はそんな話を抜きにして、俺を選んでほしいんです」

僕が虚勢を張ったのは、マスターがもう僕の真意を理解してくれたと踏んだからだ。安心して、カッコつけられる。そう思った。

「了～解。これは、言わない」

いつものように気の抜けた返事をするマスター。このひとはいつもこうなのだ。

わかっているのか、わかっていないのか。だが、たとえわかっていないとしても、やってしまうだろう。ポロリを。

だから、あえてもう一度、念を押した。

「絶対、みんなに、このこと言っちゃダメだよ！」

口の軽いひとに、強迫観念を植え付けることで、逆の効果を期待した。

うん。大丈夫。これはきっとうまくいく。僕は、僕に言い聞かせた。

「言わないよ、絶対に言わない！」

マスターは真顔だ。ママのいいつけを守ろうとしている幼児のようだ。大丈夫か、四十代中盤の独身男。

「絶対だよ！　絶対言っちゃダメだよ！」

僕はさらに強調した。

「あの、言ったら、『じゃあ松山に譲る？』みたいなことになっちゃうからさ！　絶対絶対、内緒だよ！」

少ししつこいかな、と思った。すると、すぐにマスターが返してきた。

「あれ？　もしかしてさ、言ってほしいんじゃないの？　逆に。なんか、そんな感じするよ。なんか、そんな感じするな～」

「そ、そんなわけないじゃん」

勘がいいのか、悪いのか。心配が忍び寄る。

軽い眩暈《めまい》を引き起こしていると、杉本さんが「寒いよう！　寒いよう！」と言いながら、戻ってきた。いつの間にかタキシードのジャケットもシャツも脱ぎ捨てていた杉本さんは、ランニングシャツ一枚だった。いくら大洗の中心で愛を叫ぶとはいえ、真冬の海でこの格好は危険だ。

仁科に猫田さん、弁護士も戻ってきた。

「マスターと松山、なんで来ないんすか？　あれ？　脱落すか？」

仁科、お前なあ、どうして真冬の海で愛を叫ばないと、脱落ってことになるんだよ。

「いやいや、まだですよ～」

おどけるマスター。僕は、わざと他の四人に聞こえるように言った。

「マスター、さっき言ったことは内緒だからね」

耳ざとい杉本さんがすぐに食いついてくる。

「おい、なんだなんだ！　男同士で内緒話とは！」

「いやいや、これは絶対に言わない」

マスターの完全拒否に、若干不気味な不安がよぎるが、まあ、いいだろう。さすがのマスターも、のっけからポロリはないよな。


海の声が聞こえる。

六人の男たちは、しばし沈黙した。

天使と悪魔が通りすぎた。


弁護士が口を開いた。

「そろそろエリコさん、いらっしゃるんじゃないですか？」

仁科のケータイがメールを着信する。

「お！　いま、大洗の駅だってよ！」

猫田さんがにやける。

「ってことは、歩いて十五分、だな」

杉本さんが腕を組む。

「いよいよ来るかあ」

僕は少しせつなくなった。もうすぐこの時間は終わってしまうのだ。なんだかよくわからない夜だったけど、こんなクリスマスはもう二度とやってこないだろう。

ここに到着してから、どれくらいの時間が過ぎたのだろう。杉本さんのひげが随分のびている。杉本さんのひげを眺めながら、杉本さんがした「赤ひげ」の話を回想した。ほんのちょっと前の出来事なのに、もう想い出になりかけていることに、僕は驚いた。いつか、彼女に、語って聴かせよう。

マスターと仁科が何か話している。猫田さんも弁護士も、まるで力士が試合を前に気合いを入れるように身体をパンパン叩いている。

「あれあれあれあれ？　その気合い、おかしくね？　さっきまで厳格な弁護士さんだったよね？」

目ざとい仁科はすぐさまツッコミを入れる。いつもの調子でマスターがテンポよく応える。ふたりはいいコンビだ。

「いやいや、バツイチだからね。チャンスと見れば、それはもう必死よ」

「ちょっとマスター！　それ、絶対言わないでって言ったでしょうが！」

出たっ。マスターのポロリ。その勢いで、僕のアメリカ話もどうぞよろしく。

と思ったが、あれ？　弁護士さん、さっき砂浜に駆け出す前、バツイチのこと、カミングアウトしてなかったっけ？　海で叫んで、すべて忘れちゃったのかなあ？

「うわ、ごめん！」

平謝りのマスター。すかさず仁科がツッコミを入れる。

「だからマスターに口止めしても無駄だから！」

そう！　その通り！　行け！　マスター！

「そうだよ！　俺、バツイチだよ！　そこそこトシとってんだから、俺に譲れ！みんな！　いいだろ！　な！」

開き直った弁護士は、もはや別人だった。人間、こうも変われるものなのか。その姿は、思わず感心してしまうほどだった。

「そんなの理由にならないよ。松山くんなんてさあ、アメ……」

速い！　Ｆ１なみの速さで、きたー！　さすがだ、マスター。いよっ、世界最速のポロリドライバー！

と思いきや、どうしたマスター。こらえている、ガマンしている。身をよじって、

「アメ、アメ、アメ」とつぶやいている。

「アメ玉……なめるのが、すごくゆっくりだってこと、知ってた？」

唖然とした。

どうしたの？　マスター、具合悪いの？　何してるの？　いつも、そんなことしないじゃない。いいんだよ、そんなことしなくても。

「何、それ？」

当たり前の疑問を口にする仁科。

「いやいやいや」

マスターは正常だ。いつも通りの口調である。

「とてつもなく遅いんだから！　だからアメ玉ゆっくりなめる選手権があったら、間違いなくチャンピオンだね！」

「マジか！　松山！　なんで黙ってた！　おい！　俺のアメ玉、なめてみろよ〜」

杉本さんは普通じゃない。以前から普通じゃないとは思っていたが、今日の杉本

さんは特別だ。ひげも随分のびているし。だいたい、マジで僕の口にアメをねじ込もうとしている。なぜ？　いったい、何のために？

僕が「やめてくださいよ」と抵抗すると、杉本さんは怒鳴った。

「馬鹿野郎！　エリリンの理想のタイプが、アメ玉なめるのがめっちゃ遅いひとだったりするかもしれないじゃないか！」

ありえない！

「いや、ありえる！」

そう言ったのは杉本さんではなく、弁護士だった。

「男は、持久力！」

このひとは、やはり、完全に壊れている。

その拍子に、杉本さんが僕の口の中にアメを押し込んだ。ナイスシュート……。

気を取り直して、僕は勢いよく言った。メロン味のアメをころころなめながら。

「あ、いやあ、マスター！　時間ないね！　もうすぐ来ちゃうねっ！　やっぱりさあ、アレだよね？　何かの事情があるヤツが江里子ちゃんと付き合うべきだよね？　ね？　ね？　そうだよね？」

「確かにそうだな。仁科っちなんか群馬に住んでるわけだから。そんな簡単に会えるわけじゃないもんな」

マスターの頭の中はいったいどうなっているんだろう。かぽっと蓋をあけて覗いてみたい。そこにはいったい何が見えるだろうか。

「いや、群馬なんて近いもんだよ。ね？　マスター！」

言うだろ、普通。マスター、言うよね、ここで。ポロリ。してくれるよね。ここまで状況整っちゃってるんだからさあ。さあ、どうぞどうぞ。ご存分に。群馬なんて、近い。ということは？　マスター、ファイナルアンサーだよ！

「そうだよ！　松山くんなんてさ、アメ……アメ、アメ、アメアメ、ん、アメ、アメ、アメアメ、ん〜」

マスターは不思議な鼻歌を歌いながら、軽くダンスまで披露している。

なぜだ？　なぜだ！　どうして、するっと、いつものようにポロリしてくれないんだ!!

どうする？　どうなる？

華麗にステップを踏みながら、僕のそばまで来たマスターは、僕の目配せを完全に無視し、僕の口をこじ開けて言った。

「ほら、アメ玉、まだ残ってるよ、これ」

僕の口を覗き込んだ杉本さんが悔しがる。

「あー、くそー！　俺もゆっくりなめられさえすれば……」

意味がわからない。


どうしたらいいんだ？　兄貴。どうしたらいいんだ？　教えてくれ！


意を決して、僕は開き直った。

「マスター、何か言うことあるんじゃないの？」

堂々、直接言わせよう。そう思った。隠さなくたっていい。やましいことは何もない。アメリカに行くのは嘘じゃない。これはズルなんかじゃない。もう、かっこつけるのは、やめにした。

「大丈夫。絶対、言わない」

これがマスターの返事だった。

マスターは毅然としていた。まるでアメリカ映画のヒーローのように毅然としていた。僕の覚悟も決まった。

オーケー。わかりました。

ごくりとツバを飲み込む。僕の気分だって、アメリカ映画のヒーローだった。

マツヤマ、いきまーす。


「俺、アメリカ、行くんです！　だから、今夜は俺にデートさせてほしいんです！」


そこにいる全員の動きが止まった。僕は恥ずかしくて、誰の顔も見られなかった。

猫田さんのケータイが鳴った。メールらしい。画面を見た猫田さんがつぶやいた。

「やばい……よしみがここに来るって……」

「それはヤバイでしょう！　だって猫田さん、クリスマスイヴすっぽかして、ここに来たわけでしょう？」

例によって仁科がツッコミを入れる。おい、待て。僕の衝撃の告白が、完全に宙に浮いてしまったぞ。

「猫ちゃん、猫ちゃん。とにかく隠れろ！」

マスターが叫んだ。だが、またしても仁科が身も蓋もないことを言う。

「あー、隠れてもダメですよ！　イマドコサーチされちゃってますから！」

「え？　何？　俺、よしみに、イマドコサーチされてんの？　くっそー、やりやがったなー。俺を、おじいちゃん扱いしやがって！」

「いやいや、そういう意味で、イマドコサーチしてるんじゃないと思うよ」

マスターが念のために付け加える。

「とにかくさ、ケータイ、置いていけ、猫ちゃん」

「はい！　でも、置いて行ったら、ここにいたことがバレちゃうじゃん！　どうする？　いまから解約したほうがいいだろうか？　大洗の携帯ショップはどこだ？　ケータイの解約って、電話でもできるんだっけ？　違う！　いま、やるべきことは、そんなことじゃない。ダメだ！　正常な判断ができなくなっている……」

猫田さんは完全に動揺しまくっている。僕の告白のことを、もう誰も憶えてない。一瞬で忘れ去られた。

「ちょ、ちょっと、待って」

仁科が冷静に語りかける。

「えっと、よしみちゃんは居場所は知ってても、目的は知らないわけだから」

「いやー、そうかそうか。浮気しにここに来た、というふうに思ってるわけじゃないんだから。だからさ、こうすればいいんじゃないの？　前からさ、この場所で、バイト仲間で会う約束があったって、そういうことにすれば」

「そうか……そうだよね……」

マスターの発案にほっと胸を撫で下ろす猫田さんなのだった。

「ま、それを誰もバラさなければね！」

「あんただろ！」

明るく言い放つマスターと、スピーディに切り返す仁科。僕の、僕の告白は、完全に忘却の彼方《かなた》である。

「そうかあ。そうだよねえ。誰もバラさない。誰もバラさないよね。きっとバラさない。大丈夫、絶対バラさない。よしよし、オッケーだ。オッケーだ……あー、でも……」

猫田さんが自分に言い聞かせている。

もう僕は、僕のことなんか、どうでもよくなりつつあった。僕そっちのけで、話は進んでいる。仁科が猫田さんに反応する。

「どうしました？」

「いやあ、でも、気まずいなあと思って」

「何が？」

「だって、だって、だって、だってなんだもん。不倫ドラマみたいじゃんかよ。浮気相手と妻が、同じ場所に……！　猫田、危機一髪！　おい、俺、どんな顔してればいいんだよ？」

やっぱり猫田さんって馬鹿？

「いやいやいや！　猫田さんと江里子ちゃんの間には、まだ何にもないから！」

っつーか、仁科、そんなに一生懸命否定しなくてもいいだろ。こんな話。

「いや、だが、しかし、俺の空想の中では、もう俺は、江里子ちゃんと、雪がしんしんと降り積もる北の酒場まで駆け落ちしてしまっているんだ……」

おいおい！　こんなときに、妄想劇場かよ。僕のアメリカ行きは空想なんかじゃないんだぞ。

「それは、寒い寒い冬の夜のことだった。けれどもスナック『北の酒場』には今日も変わることのない一筋の温もりが存在していた。その陽だまりのような場所を求めて馴染みの客たちがやってくる。カウンターだけの質素な店内。だが清潔で、実に居心地がいい。ママの手料理による突き出しをつつきながら、ビールを飲む中年男性が言う。『ママ、今日も色っぽいね』『いやねー、もう。お世辞がうまいんだから』『お世辞じゃないよ、本気だよ〜』。カウンターの奥で、シックなひげをたくわえ、淡々とグラスを拭いているナイスルッキングなバーテンダーがいる。それが俺だ。若いのに和服がよく似合うママ……それがそれが江里子ちゃんだ」

頭が割れそうだ。

「いやいや、もうそういう想像はいいから」

「つまり、俺は、もう後戻りのできないところまで来てしまっているんです……」

マスターと猫田さんのあまりにくだらないやりとりに呆れ、脱力し、その反動で、もう一度奮起した。

「アメリカに行くんです！」

もう前置きなんかいらない。エクスキューズなんか不要だ。

僕は、僕は、江里子ちゃんが好きなんだからっ。

「俺、アメリカに行くんだ。サメの勉強をしに行くんだ。だから、俺には時間がない！　だから、せめて今夜は俺にデートさせてくれ！　そして、江里子ちゃんの気持ちを確かめて、もし、彼女が許すなら、一緒にアメリカに行けないかなって……」

それはプロポーズだった。目の前に江里子ちゃんはいないけど、間違いなく僕からのプロポーズだった。

生まれて初めてのプロポーズ。僕は興奮して、高揚して、すべてを出し切り、満足していた。言えた。確かに言えた。僕は、自分の言葉で、言いたいことを言えたのだ。

それが伝わったかどうかなんて、この際どうでもいい。江里子ちゃんはまだ到着していないから、彼女には伝わらないだろう。でも、いいんだ。僕は、いま、自分の気持ちをはっきりかたちにした。

かたちにしなければ、かたまらない気持ちだってある。声に出して、はっきり言い切ったからこそ、僕は僕の気持ちに向き合えた。もう逃げないぞ。

これが僕だ。紛れもなくこれが僕なんだ。だから、大成功なんだ。ここにいる五人に伝わらなくても別に構わない。もし、彼らの耳に入ったなら、それだけで僕は幸せだ。認めてくれなくていい。否定したって平気だ。とにかく、いま、ここで、しっかり言った。僕は言えた。結果なんか知らない。だって、もう大成功なんだから。


「嫌だ！　その程度の理由で渡したくない！」

弁護士が口火を切った。

「お前、お前には何の理由もないだろ！」

マスターが、フォローする。

「松山……その話……本当か」

杉本さんが真面目な顔をしている。初めてだ。こんな顔の杉本さんを見るのは初めてだ。

既に三人の言葉を聞いただけで、僕の胸には「感無量」という大きな文字が、まるで雲のようにぷかぷかと浮かんでいた。

「本当だ。俺の中では、もう日本に戻る気は……ない」

決然と答えた。もう、カッコつけてる場合じゃなかった。腹は据わっていた。

「先に言えよ」

男らしい言い方だった。杉本さんにこんな一面があるなんて、これまで想像したことがなかった。「感無量」という文字が、今度はＵＦＯに変身して、僕の頭の上をぐるぐると旋回していた。

「そんなこと言うの、卑怯だと思ったんだ。でも、それほど、アイツのこと、好きなんだ」

正々堂々と僕は言った。

「いやー、しかし、それだけの理由で……」

「そうだよー、アメリカ行くのはそっちの勝手だし」

仁科と猫田さんが不満を口にする。ある意味、もっともな話だ。

だが、杉本さんの表情は依然、マジだ。そういえば、このひとは、いつもそうだった。周りがどうであれ、一切流されない、なびかない、我が道を往くひとだった。ハタ迷惑なほどに。

「松山、お前、本気なんだな」

「ああ」

「わかった。俺、今日のところは、お前に江里子、譲るわ」

杉本さん、あなたは男の中の男だ。あなたに逢えて、本当によかった。僕の人生は、あなたというひとの存在で光り輝いています。なんちゃって。

「え？　それでいいのかよ？」

仁科が当然の疑問を口にする。

杉本さんは眉間にしわを寄せながらも、涼しげな瞳でこう言った。

「松山は本気なんだよ。いや、そりゃあ、みんなだって本気だと思うよ。まあ、猫田さんはアレだけど、でも猫田さんなりに本気なんだろう。俺だってもちろん江里子のことが好きで好きでたまらない。だから毎日、江里子の家の前に立って、江里子の部屋の窓を見つめて、郵便物だってちゃんとチェックしてた……好きだから」

かっこいい。発言の内容とは関係なく、僕は杉本さんがかっこいいと思った。

「それ、完全に犯罪です」

弁護士は黙ってろ。

「いや、だけど、みんなだって、気持ちは同じだろ？」

杉本さんは、悠然とつづける。

何なのだろう。僕は、理由もなく、ただ懐かしい気持ちに満たされていた。

「とにかく、みんな、それぞれ江里子に対しての気持ちは本当なんだよ。でもさ、みんな、ひと夏を一緒に頑張った仲間じゃん。雨が多くてさ、なかなか売れなくて、みんなで声を張り上げて。頑張ったじゃん。店終わって、売れ残りの花火で遊んでさ。楽しかったよな……。あんなこと、これからの人生、そう滅多にあることじゃないぜ。そういうさ、いい思い出を、ヘンなかたちで終わらせたくないんだよ。いま、松山にはこういう事情がある。ここで松山に譲らなかったら、みんなの中にわだかまりが残ると思う。いや、それで江里子が松山に気持ちがなかったら、それは別だよ。ただ、今夜はさ。クリスマスイヴはさ。餞別がわり……っていうのもヘンだけどさ、俺は松山に譲りたい」

杉本さんには淀みがなかった。いつものように、ひねくれたところがまったくなかった。こんなひとだったんだ。

「うん、うん」

マスターがうなずいている。

「俺もアレだな、すぎもっちゃんの意見に賛成だな。ま、俺も、確かに一時は江里子ちゃんを運命のひとかと思ったけど、松山くんの想いに較べれば、ウソくさい運命だった。運命と書いてうんめい……」

マスター、僕、もう泣きそうです。

「そっか。今日のところは、仕方ないか」

仁科、泣いていいか。

「その前に、一度だけ浮気させてもらえないだろうか」

ひとりだけ土下座している人間がいるが、仁科がそれを制した。

「もう諦めてください」

「うん、そうだよ。そこによしみちゃんがいたらどうすんの？　もうそろそろ着いちゃうんじゃないの？」

マスターも加勢する。

「え？　あ！　そうかそうか」

猫田さんは素直に外に様子を見に行った。

「ありがとう！　みんな、ありがとう！」

僕は万感の想いをこめて伝えた。

「ちゃんと幸せにしてやれよな」

仁科が肩を叩いた。

「じゃないと、本当に一生、つきまとうぞ」

杉本さんが笑えない冗談を言う。

「離婚の際は、是非私をご用命ください」

弁護士の捨て台詞にも、ほのかな愛が感じられた。

みんな、もう帰ろうとしている。

僕は、まだ、このかけがえのない時間を終わらせたくなかった。

「あ、ちょっと待って！　あの……最初からふたりっきりは照れくさいな。あの、少しみんなで、場を温めてよ」

「よし！　じゃあ、この際、みんなでクリスマスパーティでもしてみるか！」

マスターがにっこり笑った。

僕は深呼吸した。

兄貴、やったよ。やれたよ。アメリカに、アメリカに、僕の彼女、見せに行くよ。

海の家「江の島」は、いま、世にも美しい壮大なエンディングを迎えようとしていた。

スープ（沁みわたります）

「はまぐりの潮汁」

～林の場合

見つかっちゃった。見つかっちゃった、猫田さんに。そっかあ、猫田さんて、ものの見つけるのうまかったもんなあ、バイト中も。

ほんとは、ずっとこうして、陰から見ているだけで、よかったんだけどな。このひとたちにイジられるのは好きだけど、ボクがいないときのこのひとたちを、こうやって、ずーっと見ていたかった。でも、ほんとうにいいものを見せてもらった。

「なんで、こんなところにいるの？」

猫田さんは言った。よしみさんを迎えに出てきた猫田さんがボクを見つけた。「あ、いや、その」と、しどろもどろになっていると、猫田さんはボクを連れて、海の家の中に入っていった。

中はあったかかった。真冬の海風をまともにくらって凍てついていたからだが、じんわりほどけていく。

「ずっと、外で待っていたんだって」

猫田さんが、みんなに呼びかける。

「あ、林」

仁科さんがびっくりしている。

こんばんは。

「おー、なんだよー、林くぅーん、林くんにも手紙来てたんだー、おー、うれしいよー、会いたかったよー」

「マスター、んなこと言ってぇ。ウソでしょう」


ボクのことなんか、忘れてたクセに。

ずっと見てたから、知ってますよ。


「え〜、んなことないよ〜、んなことあるわけないじゃない〜。もうみんなタイヘンよ、ここに来てから、どれぐらいかなあ？　三分に二回？　ぐらいの割合で、キミのこと話してたんだよ〜。林はどうした？　林は、あの、林は、ほんとに林だなあ、とか？　もうね、林づくし。林ざんまい。どうして、こんなに林くんのことが好きなんだろう？　っていうくらい、みんな、ず〜っとしゃべってたんだから。よかったよかった！　林くんも来たし、さ、パーティの準備、準備っと！」

そう言いながら、マスターは奥に引っ込んだ。

「あれ？　お前、三十一日の打ち上げ、いなかったよな？」

仁科さんがボクに訊く。

「はい。結局、銚子から帰ってきたのが朝になっちゃって。電車賃もってないの忘れてて。ヒッチハイクしたら横浜まで連れてかれちゃって」

「いや。方向は正反対だろ」

仁科さんが言ってる意味がよくわからなかった。

「つーかさ、なんで銚子まで行っちゃったわけ？」

「杉本さんが行けって言ったから」

「言ってない！　俺は絶対そんなこと言ってない！」

杉本さん、こんばんは。でもね。

「言ったんですよ。全然ビール売れないから銚子まで行こう、って」

それを聞いた猫田さんが言った。

「それ、たぶん、調子出していこう、だな」

え？　チョウシマデイコウ、チョウシダシテイコウ。あ、なるほど。杉本さん、ヘンな訛《なま》りあるからかな。

「いつものヤツじゃん」と仁科さんが笑う。仁科さんはいつも笑ってる。僕に話しかけるとき、いつも笑ってる。

「お前、マスターに持ってこいって言われたもの、まともに持ってきたことなかったもんな。パラソルって言われて、パンストもってきただろ」

杉本さんの呆れ顔。やっぱり懐かしい。

「あ、そうだったんですか。そのギャルにパンストあげて〜って聞こえました」

「お前さ、いつもイッパイイッパイすぎんだよ、もう何か頼まれるたんびにカラダ、カッチカチになるじゃんかよ」と仁科さんが笑う。

「いや、それは、まあ。あ、ところで、江里子さんと、よしみさんは？」

「えっ、まさか、お前もギャル目当て？」と仁科さんが笑う。

「あれ？　キミ、どうして江里子ちゃんとよしみちゃんが来ること知ってるの？」

弁護士さんはボクと初対面のはずなのに、いきなり挨拶も自己紹介もなしで、「キミ」呼ばわりだ。ひどいな。

「え、いや、手紙の感じでくるのかなって」

ボクは一応、答えておく。

「ただ、よしみちゃんはダメだぞ、もう猫田さんのものだぞ」

杉本さんはそう言うが、もちろんボクは、猫田さんとよしみちゃんのことはずっと前から知っているのだった。

でも「え？」と驚いておこう。

「まあ、ただ、江里子ちゃんもどうやら、松山がいまいちばん近いところにいるみたいだけどね」と仁科さんが笑う。

「へえ、そうなんですか、いいなあ、松山さん」

ボクはいま聞いたようなフリをする。

「俺、この後、すぐ留学することになってな、江里子ちゃんを好きなのはみんな一緒なんだが、そういう事情で、俺がチャレンジさせてもらうことになった、うん」

と松山さんが綺麗な声で言う。

「まあ、俺たちも粘ったんだけど、杉本がな、カッコよく、あきらめる！　ってタンカ切るから」と仁科さんが笑うと、「俺は別にあきらめたわけじゃない、今日のところは、ってだけだ」と杉本さんがカッコつけた。

杉本さんって基本、いいカッコしぃだよなあ。そこが好きなんだけど。

「俺だってまだあきらめてないぞ」と猫田さんが言うと、「じゃ、スパッとあきらめたのはマスターだけ?」と仁科さんが笑う。

マスターはいつの間にかタキシードに着替え、ひげも綺麗に剃ったあとだった。びっくり。こんなマスター、初めて見た。パーティ仕様っていうヤツか。

「ねえ、マスター、ほんとにあきらめてます?」と仁科さんが笑うと、「なにがあ? どっからどう見ても、あきらめてるぜ」とマスターがカッコつける。マスター、何やってんだろう。マスターって、変わってるよね。

「もてる気マンマンじゃん!」と猫田さんがツッコミを入れると、マスター、平然として、「なに言っちゃってんの! 俺、宴会のとき、いつもこうだぜ、『ぜ』だぜ」と、もう一度カッコつけた。杉本さんが呆れて、「あんたと何回も宴会してるけど、そんなの見たことないよ」と言った。

あー、帰ってきた、帰ってきた。これだ、これだ、これがボクの大好きな海の家の空気だ、ノリだ、気分だ。

よかった。本当によかった。ここに来れて。みんながここに来てくれて。

ひとりでなごんでいると、松山さんが心配そうな顔で話しはじめた。

「あの……いまさらだけど、自信ないなぁ。告白したら、うまくいくもんかなぁ」

松山さんって、気が小さいからな。

「いや、それはお前の言葉次第だろう」と仁科さんが笑って、いつの間にか、松山さんの告白大会の予行演習がはじまった。


松山さんがドアを開けて部屋に入ってくる、エアー・アクション。

「よっ、江里子。好きだ」

「座っていきなりは唐突ですね」

ボクは思わず苦笑した。

「何らかの前段が必要です」

弁護士さんが冷静に指摘した。

「よし、じゃあ魚の話をしよう」

杉本さんが提案し、松山さんが魚の話をはじめた。

「シャチってのはさ、海のギャングって言われてて。クジラの一種なんだけど、オスはだいたい体長約九メートル、体重約十トン。メスになるとひとまわり小さくなって体重が、まあだいたい三、四トンぐらいになるのかな。体長が六、七メートルくらいなんだけど、シャチっていうのは水中を最も速く泳ぐことができる動物なの。最高時速は……これ、いつ、告白すればいいの？」

「よし、じゃあ、俺がキューを出そう」と杉本さんは途端にテレビ局のディレクターのような動きをしてみせる。

テイク２。

「シャチっていうのはさ、これは江里子ちゃんもよく知ってると思うんだけど、模様が白と黒だよね。背中が黒で、お腹が白。この模様ってのはさ、水中でカムフラージュする役割を果たすわけ。この模様っていうのは一頭一頭違うもんだから、個体識別をするのに……好きだっ！　え？　ここ？」

ありえない。ありえないタイミングでキューが出た。

「も～、ちょっとちょっと、時間ないよ、ちゃんと考えてあげようよ～」と仁科さんが笑うと、「じゃあ、もうそこで好きって言うのは、しょうがないとしようよ」

とマスターがまとめる。

「え？　じゃあ、この先どうすればいいの？」

松山さんがしどろもどろになっていると、猫田さんが言った。


「な～んちゃって」


「え？　なんで？　なんで？」と仁科さんが笑うと、「だって好きって言っちゃったんだから、ごまかすしかないでしょ」と猫田さん。猫田さんは本気なのだった。

「え？　な～んちゃって、じゃ、余計終われないでしょ！　頭おかしいって思われますよ」と松山さんは不服そう。

「じゃじゃ、な～んちゃっての後は、何て言ったらいいんですかね？　弁護士さん」と仁科さんが笑う。

「もう一度、な～んちゃって、と言ってみましょう」

「ダブルな～んちゃってか！」と、猫田さんはなぜか悔しそうなのだった。「え？　それにはどんな効力が？」とマスターが不思議そうな顔をすると、「シンキングタイムですよ、次の手が思いつくまでやりつづけるわけです」と弁護士さん。

「次の手はいま考えれば？」とボクが言うと、「キレるね！　キミ！」と、弁護士さんはほめてくれた。うれしくなってボクはつづけた。


「あ、ちょっと、ボク、思ったんですけど、魚の話をして、好きです、なんちって、って言ったら、もうそれだけでいいと思うんです。だって好きです、って言った後に、なんちって、って言ったら、女の子は『えー、なんちってなんだ』って思うでしょう？

そしたら江里子さんが『なんちってじゃないほうがよかったなあ』。

そしたら松山さんが『じゃあ、俺がキミのこと好きって言ったらよかったってこと？』。

そしたら江里子さん『こくり』。

そしたら松山さん『あのさ！　俺、アメリカ行くんだ。よかったら一緒に来てくれないか?』。

江里子さん『それはできないの』。

松山さん『どうしてだ?　どうしてなんだ、江里子!』。

江里子さん『あたし、親が離婚してて、家も貧しいから、弟の世話とかしなきゃなんないし』。

江里子さんは悩んで、ついにその悩みをいちばん心の許せる林くんに相談する。

『林くん、あたしね、松山くんが大好きなんだけど、どうしてもアメリカに行くことができないのよ』。

林くんは言う。『でも松山さん、いいひとですよ。アメリカまでついていく価値、あると思うな』。

『そっか。ありがとう!　林くん!　いつも相談に乗ってもらっちゃって。今度、ケーキでもおごるね』。

『そんな……ボクは江里子さんとお話できるだけで楽しいんです』。

『そんなお世辞言ったって、何にも出ないわよ!』。

そんなある日、台風が来て、たまたま船を出していた江里子さんが沖合いに流されてしまう事故が発生！
江里子さん『誰か～！　助けて～！　松山くん～！』。
マスター『松山！　助けに行けよ！　お前の女だろ！』。
松山さん『俺が死んじゃうよ！　もう、江里子なんてどうでもいいよ～！』。
すぎもっちゃん『うわ～ん！　こわいよ～！　台風こわいよ～！』。
仁科さん『もうあきらめるしかないよ～。とにかく俺、死にたくないよ～』。
すぎもっちゃん、いや、杉本さん『うわ～ん！　こわいよ～こわいよ～』。
林くん『俺が行きます！』。
猫ちゃん、あ、失礼しました、猫田さん『林！　危険だ！　やめておけ！』。
マスター『林！　お前では無理だ！』。
林くん『無理でも助けたいんです！』。
前方に見える船。江里子さん『林くん！　助けて！』。
林は荒波をかきわけて救助に向かう！　そしてついに甲板に這い上がった林！
見つめあい、手を取り合うふたり！
『よかった！　無事でよかった！』。『あたし……いま、やっと気づいた……あたしが本当に好きなのは……林くんだったんだ！』。『江里子……！』。

そして、帰ろうとした瞬間！　巨大なハリケーンが!!」


「林くん、やめろ、テメエ」

マスターがものすごい形相でにらんでいた。

「あ、どっちかと言えば、これからがエキサイティングなんですけど……」

「聞きたいのは山々だが、その辺にしておけ」

杉本さんが珍しく軽くすごんだ。

「お前、そんなこと考えてんだな」と仁科さんが笑えば、「そう言えば、林も、江里子ちゃん、大好きだったもんな、実はラブレター、預かったことあんだよね、お前、よしみに渡しただろ、俺な、夏の間からアイツと付き合ってたから、知ってんだよな、でもこいつ、預けた夜、よしみに電話してきて、『やっぱり渡さなくていいです』って、な」と猫田さんは、あっさりボクの秘密をバラしてしまったのだった。

とても、はずかしい。

「すまんな、林、アメリカに遊びに来いよ」と松山さんは綺麗な声で言った。

僕は答える。

「ありがとうございます、すごくうれしいんですけど、ボク、それまで生きてられるかどうか」

「え？」

マスターの目が点になり、「何それ」と仁科さんの顔が凍りついた。

「ボク、重い脳の病気で」

「それ、治らないの？」

仁科さんはもう笑っていなかった。

笑っていない仁科さんにどうやって答えればいいのかわからなかった。

「調べたんですけど、すごい難しい手術が必要らしいんです。八割、九割はダメだろう、って」

「でも、一割治る可能性はあるんだろう？」

マスターが訊いた。

「まあ、そうですけど」

ボクは曖昧に答えることしかできなかった。

クチベタな自分をちょっぴり呪《のろ》った。

「すみません。何か暗い話題になっちゃって。ただ……死ぬ前に一度、江里子さんの顔、見たいなと思って……来ちゃったんです」

海の家は、まっくらなムードになってしまった。

ボクのせいで……ごめんなさい。

デザート（おなかいっぱいになりましたか？）

「いちご」

～マスターの場合

口は軽いが、記憶力はいいほうだ。

今年の八月三十一日。海の家の最後の日。海の家はどんなに暑い夏でも、八月三十一日で終わってしまう。そう、海の家の最後の日。条例か何かで決まってんだったかな。

まあどうでもいいや、そんなこと。とにかく海の家はあらかじめ営業終了日が決まっている。そこが好きなんだ。

つまり、毎年閉店しちゃってるんだよな。毎年オープンして、毎年店がなくなる。それが潔いんだ。

始まったら、終わる。なんだってそうでしょ？　恋愛だってさ。食事だってさ。映画だってさ。小説だってさ。みんな、そうだよね。そもそも人生がそういうもんじゃない？　生まれたら、死ぬ。それでいいのさ。はっきりしてるのよ、意外に。この世の中は。

今年の夏は雨が多くてねえ、大変だったよ。

やっぱりね、当たり前だけど、雨の日に海には来ないよね。ましてや海の家で何か飲んだり食ったりしようとするひとは、なかなかいないよね。それでも来ちゃうひとがいて。そういうひとが好きなんだけどね。

もうね、間違いなく、楽しくなさそうなの。だけど、来てしまうのね、そういうひとたちって。いるのよ。いるんだ。雨が降ろうと、雷が鳴ろうと、「海に行く」とカレンダーに一度書き込んだら、是が非でも海行っちゃうひと。

あれ、なんなんだろうね。有言実行型なのかね。教育に問題があるのかもしれないなあ。一度立てた目標は絶対守りなさい。とかなんとか、家庭でも学校でも、教えてんじゃないですか。

よくない。よくないよ。だから、雨の日でも海に来るひとがいるし、まあ、そういうひと好きなんだけどね。そういうひとがいると、海の家は雨の日でも、どんな暴風雨でも営業しなくちゃいけなくなっちゃうんだよねえ。

おっと。まあ、とにかく今年は大赤字でした。

まあね、別に儲けようと思ってやってるわけじゃないしね。儲けるつもりなら、こんな商売やってないしね。

何のためにやってるかっていうと、結局、八月三十一日という日を迎えるためにやってるんです、あたしの場合は。なんかね、全国の海の家経営者集めてマスター大会とかやってみたいですよ。全国のマスターたちと語り合いたいなあ。盛り上がるだろうなあ。わりとね、そういうひと、多いと思うんだ。夏の最後の日がいちばん好きだ、ってひと。

さびしいのよ、めちゃくちゃさびしいよ、こっちは。バイトしてるコたちは、さびしくないだろうね。せつなくはあるけど、きっと、さびしくはない。

だって、彼や彼女たちにとっては増えていく想い出のひとつだもん。想い出ってね、それがプラスに感じられるうちは若い証拠よ。

あたしぐらいのトシになると、もうね、なくなるばっかり。ぽっかーんと穴のあいた向こう側に、想い出がゆらゆらとゆらめいているだけだもの。もうね、楽しいこととかあると、逆にさびしくって。結局、それもなくなっていくんだなあって。ときどきね、なにか、もぎ取られるような痛みを感じることもあるよ、正直なところ。

だってさ。夏休みの間だけ、せっせとここに通って働いてくれたコたちとさ、その日を最後にお別れするわけでしょう？　まあ、中にはすぎもっちゃんみたいに出戻って、三年連続で海の家で働いちゃうようなコもいるんだけど。基本的には、みんな、この海の家から羽ばたいていっちゃうんだよねえ。つまり、あたしはとり残されてばっかりよ。

バイトしたコのことは、ひとり残らず憶えてるよ。憶えてますよ。記憶力いいもの。海の家のマスターは全国どこ行ったって、記憶力いいものよ。もうね、記憶力は海の家マスターの必須でしょう。

海の家はね、いちばん小さな非日常なの。限定された時間、限定された空間。夏だよ、ビーチだよ。一緒に働いてたら、そりゃあ、ロマンスが生まれるよねえ。ま、自慢じゃないけど、うちの海の家で出逢ってゴールインしたカップル、六組もいるのよ。客じゃないよ、バイトのコたち。うれしいよね。

だからね、あたしが何が楽しみかっていったら、八月三十一日に必ず行う儀式ね。これがたまんなくてねえ。

女子は大抵ふたりね。ひとりだと大変だし、三人だとややこしいし、そんなに大きな店でもないしね。男の子は五、六人。人数的にはそれ以上いらないね。今年は五人だったけど、デキるコが揃ってれば、男子四人だけで仕事は回せるのよ。でもね、女の子いないと客が入らないからね。

女子はね、なるべく対照的なタイプをとるようにしてる。あ、面接が面白くてねえ。二番目に楽しいのは面接だね。ま、そんなことはアレなんだけど。毎年ね、夏の最後の日に、男子だけを集めるの。で、こんなふうにやるのさ。

「今年は江里子ちゃんとよしみちゃんふたりだけだったから、取り合いになっちゃったんじゃないの？」

「いやいやいやいや。もう夢中で働いてたんで。そんな色恋とか考えてないっすよ」

「ほんとに？　夏なのに？　恋する夏なのに？」

「はい。別に……」

「そっか。じゃ、わかった！　みんな、目をつぶれ！　これが、マスターとしての最後のお願いだ。さあ、目をつぶれ！」

「え～？　なんですか～？」

「いいか、お前ら、全員、目つぶったか？　よし！　つぶったな！　はい、正直に答えてください！　この中で、江里子ちゃん、もしくは、よしみちゃんと、実はつきあっています！　という男子、手をあげて！」

そ。全員、手あげてたなあ。すぎもっちゃんも、にしなっちも、松山くんも、猫ちゃんも、林くんもね。あ、林くんはいなかったか。林くん、銚子に行っちゃってたんだな。
でもね、これなの。これが好きで、毎年、海の家やっちゃうんだよねえ。

てなことを回想していたら、とんでもない状況になっているのでした。あれ？　松山くんで決まり。かと思ったら、思わぬ伏兵、林くんの登場で、ものすごい展開に。夏の想い出を、クリスマスイヴまで引っぱるなんて、ちょっと粋じゃないけどさ。ま、どうなることやら、ちょっくら実況中継してみます。よろしく！

松山くん、明らかに不満げな顔です。そりゃあ、そうでしょう。アメリカ留学話で、キャッチ・ザ・ハートした矢先に、これですから。しかも、よりによって林くんですよ。林くんの難病話にさらわれちゃったのは、精神的ダメージですねえ。
窮地に追い込まれながらも、松山くん、何度もアメリカ話を蒸し返そうとしたんですよ。でもね、こうなると厳しいね、冷たいものですよ、人間ってね。

アメリカの「ア」の字を出しただけで、全員「あきらめろ」って形相で、松山くんをにらんでね。さっきまで応援してたのがウソみたい。かく言うあたしもね、「マジで？　ズルくねえ？」と往生際の悪いことをほざく松山くんをたしなめてやりましたよ。「死ぬかもしれないのと留学とどっちだ？」ってね。それでも「ズルいなあ！　死ぬって！」と駄々こねるもんだから、にしなっちも「言葉をつつしめ！」って叱咤《しった》してね。

普通ね、死んじゃうってひとを前にしたらね、オモンパカルしかないのよ。書ける？　オモンパカルっていう字。思慮の慮っていう字ですよ。

松山くん。勉強ってね、知識じゃないのよ。あたし、記憶力がいいからあえて言わせてもらうけど、暗記力を競ったところで意味はないの。情報でもナンでもいいんだけど、何かと出逢って、そこで何を感じるかよ。勉強って、覚えることじゃないのよ。感じることなのよ。感じることがたくさんあったほうがいいじゃん。って、そういう話なの。勉強ってね。

いくらアメリカ行くったって、日本人のこころ、忘れちゃいけませんよ。オモンパカルの。そうでないと、「あいつは自分勝手だ！」って誹謗中傷《ひぼうちゆうしよう》の嵐よ。向こうじゃ、他人をオモンパカッてばかりいると、つぶれちゃうだろうけどね。「バカ！オモンバカ！」ってね。

とはいえ。まあね、林くんもね、やるのよ。ああ見えて。なかなかどうして。抜け目がない青年ですよ。

「ボクなんかが江里子さんとなんて……。所詮、かなわぬ恋と思ってましたから」とかなんとか言っちゃって。松山くん、「お前がそういう台詞言うたびに、どんどんお前に票が集まるの！」なんて暴言吐いちゃって。ボロボロですよ。いわゆるひとつの自滅パターン。一気に株、大暴落ね。悲しいけど、人間、堕ちるときは速いからねえ。まっさかさまよ。すぎもっちゃんも「大人になれ！　松山！」って諭してます。いやあ、感動的ですね、ある意味。

ま、こういうときは、あたしの出番でしょ。マスターの打順ね。

「ま、林くん。今回はね、みんなの気持ちに甘えチャイナ」

「いや、でも、そんなつもりじゃ……ボク、彼女の顔さえ見れれば満足ですから」

くー、泣かせるねえ。

「でも、気持ち伝えないと、さみしいじゃん」

いよ！　最後の最後にキメたね！　このこの二股願望男！　猫ちゃん、やるじゃない。今日は出たり入ったり、ご苦労さまだったねえ。

「なんか……友達が死んじゃうなんて……初めてだから……実感わかないな……」

にしなっち、シリアスだねえ。

聞いてくださいよ。このコはね、ムードメーカーっていうのかな、いっつもおちゃらけたことばっか言ってるコなんですよ。あたしが言うくだらないギャグにもつきあってくれるしね。なーんか、ちょっとでも沈黙が流れたり、雰囲気悪いなーって感じたら、とりあえず何か言ってみる。そういうコなんですよ。

それをね、かなり力まないでやれるコね。こういう仕事には向いてますよ。状況が摑めてるってことだしね。しかも、でしゃばってるようには見えないから、憎まれないしね。三人以上で作業するときは絶対いてほしいタイプ。

結局ね、こういう人間のほうがツブシがきくんですよね。もちろん接客業にも向いてるけどね。まあ、どんな商売でも、いいとこいくんじゃないかなあ。

「僕自身が実感ないですから」

で、返す林くんがコレだもん。困っちゃうね。みんながみんなレベル高くて。

こうなると、すぎもっちゃんの出番ですよ。この男はねえ、やるときはやるよ。三年連続で海の家でバイトしたヤツなんて、そうそういないよ。まあね、すぎもっちゃんは、力入りすぎて空回っちゃうことも多くて。

しかも問題なのは空回っちゃってる自分に一切気づいてないということ。そんな困ったちゃんな部分がかなり大きかったりもするけど、虚勢を張らずにね、何気なく見せる素が、実はほんといいコなんだから。あたしはね、知ってますよ。すぎもっちゃんの本質。

「手術してみろよ」

きたー！　きたね、これだよ、これ。すぎもっちゃんは、無駄なこと言っちゃダメ。よく見りゃイイ男なんだから。この線で攻めてみるとイケると思うよ。

「一割の可能性しかないんですよ……やっぱり……こわい……」

林くん、しゅんとしてるねえ。

「うーん、夏までピンピンしてたのに、ウソみたいだねえ……」

と、言ってみる。人格疑われるかなあ。でもね、こういうとき、黙ってちゃダメよ。いきなり別の話題に変えるのも反則。そのことについて語りながら、軸をずらさなきゃ。ね。

「江里子ちゃん、遅いな。道も暗いだろうし、迎えに行くか」にしなっち、いたたまれなくなったんだね。「俺も」「俺も」と、猫ちゃんや松山くんも出て行きましたよ。

まあね、七人じゃ話せないことも、四人だったらギリギリ話せるんだよねえ。ほら、一次会から二次会、そして三次会っていう流れがあるでしょう。あれって必然なんだよねえ。ま、とにかく、人数少ないにこしたことはないよね。

あ、この話、もうすぐ終わるよ。

わかるでしょ。ほら、なんとなく、そういう雰囲気になってきたでしょ。

聞こえる？　聞こえるよね。

大洗の海が泣いてるの。

ううん、悲しくって泣いてるんじゃないよ。

うれしくって泣いてるんだよ。

「実はさ、みんな江里子ちゃんから同じラブレターもらったもんで、誰が江里子ちゃんとイヴを過ごすか、かなりモメたんだ」

すぎもっちゃん、落ち着いて話してるねえ。普通に話せるんじゃない。いつもこういうふうに話しなよ。ひげのび放題だけど、関係ないね。かっこいいよ。

「そうなんですか」

林くんの返事は、どことなく気がないように映ったな。うん、確かに。弁護士さん、いや、関口さんっていうんだよな、このバツイチのひと。ここで、いきなり関口さんが入ってくるんだよなあ。

「あなたの手紙の内容も同じようなものですか」

「だと思います」

尋問チック。あれ？　さっき、すぎもっちゃんや松山くんやにしなっちにしたようなことをしようとしてるわけ？　関口さんよぅ。

関口さんの厳しい口調を避けるように、林くんは感慨深げに、この海の家を見渡した。

「なんか楽しいな。また夏休みが戻ったみたいで」

しばしの沈黙ののち、関口さんは低い声を響かせた。

「みんながもらった手紙は……君が書いたものだね」

え？

「女性がふたり来ることも、他の男連中が来ることも、知っていたのは、君だけだ」

「……逢いたかったんです。みんなに。でも、僕の名前で出しても、みんな来てくれるわけないし」

林くんは素直なコだ。素直すぎて仕事にならないことも多々あるけれど。それでも人間、素直がいちばん。あたしは真面目にそう思っている。素直、って素晴らしいことだよ。

「ボク、いままで、まともにバイト、つづいたためしがないんです。大学に入ってから、いろいろバイトしたんですけど、すぐ辞めちゃうんです。でも、夏のバイトだけは楽しかったんです。ボク、全然、海とか似合わないですけど、海で遊んでる同級生とかうらやましくて。みんな、車で江ノ島とか茅ヶ崎とか行ってました。僕も行きたかったけど、どうしても勇気が出なくて、大洗止まりでした」

「別に、他のバイトと違うところなんて何もないと思うけどな」

すぎもっちゃん、スジガネ入りのフリーターだもんねぇ。

「みんな、怒ってくれるんですよね。仁科さんも、松山さんも、猫田さんも、杉本さんも。みんな、大人げないから、すぐ怒ったり、泣いたり、笑ったりするじゃないですか」

そうだ。そうだ。そうだった。

「いつもは、怒られるようなことをしても、その場では何も言われず、あとから人づてに伝わってくるようなことばっかりで……バイトって、そういうものだと思っていたから、正面切って怒られたときは確かにびっくりしたけど、みんな、馬鹿がつくほど正直なのが、逆に気持ちよくて。みなさんはヘンに思うかもしれないけど、ボクにとっては、初めてできた、正直に話せる友達でした。でも、どれだけ仲良くなっても、海の家って八月三十一日で終わっちゃうんですよね……」

「それで江里子さん名義でマスターに手紙を書いて、ここを残してもらったわけだ」

関口さんが、この事件をいよいよ解決に導こうとしている。この物語の主役は、出番がいちばん少なかった林くんだったというわけだ。

「林さん。あなた、今日、ずっと外から覗いていたんじゃないですか？」

こくり。林くんは、うなずいた。

しかし、ずっと外で見てるって……すごいな。あたしだったら、猫ちゃん二股願望発覚の時点で、面白くって、乱入しちゃうな。というわけで、これにて一件落着。だな。撤去問題も終わり、と。

「ごめんなさい。とんでもないわがままを言ってるってことはわかってたんです。でもそのあと病気になって。死んじゃうかもしれないってことになって。どうしてもみんなに逢いたくなって。みんなとまた夏みたいにバカな話がしたくて。ただひとつ、言っておきたいことがあります。女性ふたりが来ることを知っていたのは、ずっと外で会話を聞いていたからで、おふたりにはボク、手紙出してませんよ」

「でも、現に彼女は駅に着いている」

「不思議なこともあるもんだ。きっと神様が呼んでくれたんだなあ」

すぎもっちゃんの言葉を受けて、あたしはそう言いながらも、おそらくそれはよしみちゃんが江里子ちゃんに声をかけたからだとわかっていた。

よしみちゃんが、猫ちゃんのケータイにGPSを仕込んでいなければ、起こらなかった展開。つまり、猫ちゃんがよしみちゃんと付き合っていなければ、今日という日の幕切れは、こんなふうにきちんとは行われなかった。

猫ちゃんとよしみちゃんが出逢ったのは……海の家「江の島」でだ。あたしは誇らしい気持ちになった。

「ここ、なくなっちゃうんですよね。今夜限りで」

関口さんのほうを向きながら、林くんがさびしそうに言った。

「大丈夫。林が生きてるかぎり、ここは絶対になくならない」

すぎもっちゃん、いきなり断言。

は?

関口さんも絶句している。

「バイト歴三年の俺が言うんだ、信用しろ」

ったって、あたしの店だよ、あたしの。

「ホントですか？」

「さびしくなったら、いつでも来いよ。海の家『江の島』は、八月三十一日でなんか終わらない。いつまでもみんなの気持ちの中で開店営業してんだ。ね、マスター」

って言われたら、こう答えるしかないやね。

「うん。そうだ。ここは永遠になくさない」

「林、お前、手術、受けてみろよ」

すぎもっちゃんの力強い声。

「そうだよ、林くん。君が僕らを好きでいてくれたように、僕らも君が好きなんだ」

あたしの優しい声。

「可能性があるのなら、チャレンジすべきです」

関口さんの凜とした声。

外に出ると、大洗海岸には満天の星空が広がっていた。

すぎもっちゃんが林くんに語りかけた。

「ほら、林、見てみな、この大洗にだって、湘南と同じ星がふってきてんだよ」

「ボク、手術、受けてみます」

にしなっちに松山くん、猫ちゃんの声が遠くから近づいてきた。女の子ふたりも一緒なのかな。


流れ星か。でも、願いごとなんか、もう忘れちまったなあ。

なあ、江里子ちゃん。人生はレッスンだぜ。でも、同時にそれはすべて本番だ。だから、かけがえのないものなんだ。あの日のことは、ふたりの胸にしまっておこう。な。


なあ、みんな。大洗にも星はふるなり。だぜ。

ティー（ごちそうさまでした）

「麦茶」

～ぼくらの場合

地平線、ちゃんと見えるじゃん。

仁科は、思い出した。ちょうど一年前の今日も、大洗から地平線がクリアに見えたことを。海の家「江の島」バイト初日、地平線はしっかり見えていたし、今日もしっかり見えている。

猫田は、あの夜、よしみにプロポーズした。それもみんなの前で。よしみは恥ずかしそうにうなずいた。マスターも、杉本も、仁科も、松山も、林も、弁護士も、そして江里子も祝福した。

杉本は、海の家「江の島」で四年目の夏を迎えることになった。仁科も、猫田も、林も一緒に働くことになった。杉本は他のメンバーから「杉本大先輩」「杉本大明神」などと呼ばれている。

弁護士は、海が好きだった。とりわけ海の家が大好きだった。今日、大洗海岸で、あのかけがえのないクリスマスイヴを過ごした海の家がオープンすると知り、いてもたってもいられなくなり、いまそこで子供の頃から心から愛しているイチゴかき氷を食べている。

「ねえ、マスター。このかき氷、エリコって名前にしましょうよ」

松山は、アメリカの大学でサメの研究に没頭している。教授や学生たちも口々に「あんなにサメのような顔をした人間には出逢ったことがない」と噂している。先日、ブロンドの研究生に「キミはレモンザメのように美しい」と迫り、見事にフラれた。兄とはまだ再会できていない。

林は、うろうろしている。仁科にトイレ用洗剤「サンポール」を頼まれたのだが、「ポール」のところだけを聞き、ホームセンターで物干し竿を買ってきた。手術はしなかった。その必要がなかったからである。林の「不治の病」は、単なる寝違えだった。医者がつぶやいた「どうしよう、かな」を「脳腫瘍、かな」と聞き違えただけだった。あの夜、猫田とよしみがそこにいる全員に祝福された直後、その勢いにのって「江里子さん！　ボクと付き合ってください」と告白したが、江里子の答えは「ごめん。カレシいるんだ」だった。

マスターは、深呼吸する。大洗の海の匂いが、全身にみなぎった。

「え～、新しいバイトの女の子が来てます。まさよちゃんに、久美子ちゃんです！」

男の子たちが一斉に振り返った。

その瞬間、強い風が吹いた。

マスターが百円ショップで買った小さなコルクボードに、錆びたピンで留められてあった、綺麗な海の写真のポストカードが宙を舞った。

「海の家『江の島』のみなさんへ

このたび結婚することになりました。

新居は彼の実家の八重島です。

彼は漁師です。

美味しいものがたくさんある素敵なところですので、一度遊びに来てください。

それでは、この夏も元気に過ごしてくださいね。

江里子」

やがて絵葉書は砂浜に落下し、波にさらわれ、流れていった。

八重島の海と、大洗の海が、ひとつになった。

太陽が笑っている。

A HAPPY ENDING

映画『大洗にも星はふるなり』

出演：山田孝之　山本裕典　ムロツヨシ　小柳 友
　　　白石隼也／安田 顕　佐藤二朗　戸田恵梨香

監督・脚本：福田雄一（「33分探偵」「THE３名様」）

製作：佐藤直樹　製作代表：梶田裕貴／古屋文明
エグゼクティブプロデューサー：馬場 清／長谷川真澄
プロデューサー：渋谷恒一／有重陽一／マツムラケンゾー
ラインプロデューサー：原田耕治
アソシエイトプロデューサー：小林智浩
撮影監督：中山光一　撮影：高野稔弘
美術：小泉博康　照明：保坂 温
録音：深田 晃　編集：栗谷川 純
助監督：吉見拓真　制作担当：角田 隆
タイトルバック：本郷伸明

原案舞台：「大洗にも星はふるなり」ブラボーカンパニー
主題歌：「ココニアル」メロライド

企画：SEP　制作プロダクション：日活撮影所／SEP

製作：「大洗にも星はふるなり」製作委員会（日活／SEP／日本出版販売）
配給・宣伝：日活

2009年／日本／カラー／35㎜／ビスタサイズ／ドルビーSR／103分

大洗にも
星はふるなり

2009年10月23日　初版第1刷　発行

原作・脚本　福田雄一
ノベライズ　相田冬二

発行者　清水能子
発行所　株式会社メディアファクトリー
〒104-0061 東京都中央区銀座8-4-17
電話0570-002-001（カスタマーサポートセンター）

印刷・製本　株式会社廣済堂
ブックデザイン　イット イズ デザイン
編集　内藤澄英（メディアファクトリー）

定価はカバーに表示してあります。

ISBN978-4-8401-3064-6　C0193　Printed in Japan